真情假情表錯情

陳美濤・著

目錄

真情

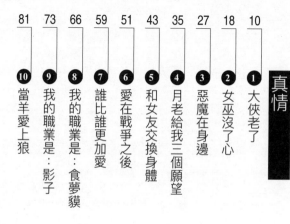

假情

目錄

表錯情

真

情

大俠老了

1

少年豪俠，策馬江湖，行俠仗義，偶遇佳人。
從此雙劍合璧，持劍衛道，譜出一段佳話。

之後呢？小說從來不會告訴你，大俠和佳人退休後的生活，也不會告訴你，大俠年輕時造成的舊患，會令他年老時患上風濕。

現在，五十年前名震一時的「銀劍飛龍」飛大俠，一邊敷風濕膏藥，一邊囉囉嗦嗦地說想喝酒。

不過，我也不再是五十年前的江湖第七美人，我只是一個「扭著相公耳朵，警告他，大夫叫他不要喝酒」的婆婆。

當年郎才女貌，現在男殘女老，我們依然合襯。

當年我們一起行走江湖，到了一個風光如畫的小鎮，停下腳步，開了一間酒館，聘請了請兩個伙計。

前幾年，相公會去驅逐惡霸，路見不平，拔刀相助。

後來，有個大門派在附近的山頭立足，弟子們爭相行俠仗義，惡霸紛紛搬走，相公也不再需要出劍。

就這樣過了三十多年，雖然鎮上的人依然尊稱他為「飛大俠」，稱我為「飛嫂」，但我們只是一對平凡的老夫老妻。

聽說最近那個大門派搬走了，不過我們早已經退出江湖，這些江湖風雨都與我們無關。三十多年來，我們的生活平靜而幸福，除了偶爾風濕頭痛腳痛便秘。

直到有一天，酒館的客人在聊天：「鍾老虎真壞。」

「好端端的一個年輕人，卻被他打斷了腿。」

「唉，那個年輕人還準備考秀才呢。」

相公好奇地問：「發生什麼事了？」

原來，有個叫鍾老虎的惡霸，搬到這個小鎮。

他買下一間大宅和一些田地，然後，他想收購某個書生的田地。

那塊田地是祖產，書生不願意賣，鍾老虎就找了些流氓，惡意破壞田地上的莊稼。

書生當然不忿，上門找鍾老虎算帳。

他們發生爭執，結果書生被打斷了一條腿，趕出大宅。

相公拍著桌子大嚷道：「太過份了，還有王法嗎？」

客人解釋：「鍾老虎的妹妹，是縣太爺新納的小妾。我們這個小鎮連秀才都沒有幾個，鍾老虎就是王法。」

我插嘴道：「惡有惡報，總會有人替天行道的！」

「世上哪有這麼多大俠……對了，飛大俠當年也是大俠，不如你為民除害吧。」客人紛紛起鬨。

相公一言不發。

但五天後，相公突然支支吾吾，遮遮掩掩。

我仔細一看，才發現他的左眼腫了一大塊。

我質問他：「你幹了什麼？」

相公義憤填膺地說：「這幾天我去考察了，發現鍾老虎欺男霸女，無理地打斷了書生的腿，還霸佔了他的田地！」

我問：「所以呢？我沒有問鍾老虎，我問你的傷是怎麼來的。」

相公吞吞吐吐地說：「所以我就找鍾老虎理論……他不講道理，打了我一拳……」

「你是傻子嗎？人家是惡霸，怎會跟你講道理？」我一手把他扯過來，豈料他又大嚷道：「痛！」

「哪裡痛？」

「他還踢了我一腳……」

我扯開他的衣服，腰上也瘀了一大塊。

我幫他上藥，他還囉囉嗦嗦地說：「俠之大者，理應為國為民。百姓們叫我『飛大俠』，我有責任……」

我忍不住打斷他的說話：「你今年七十七歲了，不是二十七歲！這些事留給年輕人吧。」

「你當年不是這樣說的，當年你和我一起行俠仗義……」

我反駁道：「當年你一招輕功，便可以飛到屋頂上，去年你從樓梯上摔下去了。」

唉，他的傷勢還未康復，就每天早起紮馬步。

他說，他想多做運動，練好身體，長命百歲。

唉，我當然知道，他想重新練好武功，做一個大俠，懲治鍾老虎。

但他已經七十七歲，老病纏身……唉，你懂的。

有一天，鍾老虎的大宅張燈結彩。

原來，他那個當縣太爺小妾的妹妹懷孕了，縣太爺生了五個女兒，至今無子，所以縣太爺待這個小妾如珠如寶。

鍾老虎大肆慶祝，也代表他在小鎮的權勢達到頂峰。

書生不甘心，拖著殘腿上門鬧事。

那一晚，鍾老虎的大宅外，滿地是血。

鍾老虎聲稱，書生企圖刺殺他，他自衛時殺了書生。

這是事實嗎？沒有人知道。

我們只知道，書生的妹妹披麻戴孝，跪在大宅門外，說要幫哥哥討回公道。

但一晚後，她消失了。

深夜，大宅隱約傳出女子的呼救聲。

相公怒不可遏，我緊緊捉著他的手，不斷對他說，我們老了、老了、老了……

我很怕我會失去他。

他忽然問我，是否記得當年我們路過另一個小鎮，遇上一個惡霸，確定他惡貫滿盈後，我們一起殺了他，全鎮的百姓都拍手叫好。

我一字一頓地說：「我記得，但這是五十年前的事了。」

真情 16

相公垂下頭，不再說話。

此後，我每天盯著相公，生怕他會去找鍾老虎算帳。

但有一天，我的老毛病發作，要到醫館找大夫。

我千叮萬囑叫伙計盯緊相公，不要讓他外出，伙計滿口答應。

那天醫館人多，傍晚我回到酒館時，酒館只餘下兩個慌張的伙計。

他們說，相公不見了。

我跑到後院，只見樹下挖了一個大洞。

三十年前，我看著相公把寶劍埋在地下，種了一株小樹苗。

如今樹苗已經長成大樹，飛大俠已經七十七歲……

我趕到鍾老虎的大宅，我發誓，我練了一輩子的輕功，卻從來不曾跑得這樣快。

但我來遲了。

大宅門外，滿是肉碎，還有一把寶劍。

也許沒有人會認為它是「寶劍」，不過是一把生鏽的劍，但在相公心中，它永遠是寶劍。

在我心中，飛大俠永遠是大俠。

我沒有哭，沒有披麻帶孝。

我沉默地離開，第二天，我沉默地光顧藥材鋪，沉默地買了一堆藥材。

現在已經沒有人知道，五十年前的江湖第七美人，是用毒的高手。

當年我遇上他，決定為他改邪歸正，不再用毒。

這次，我決定為他行俠仗義，最後一次。

天生我才必有用，你有權埋沒自己的才能。

但是，如果在有需要的時候，你卻忘記了你的才能，你錯失的東西，會超乎你的想像。

—完—

2

女巫沒了心

女巫是一個高風險職業，外人以為我們法力無邊，其實那些魔藥都是我們辛苦研製而成的。

而且魔藥多數不能用在自己的身上，只可以和凡人做交易。

凡人狡猾，女巫經常受騙，還有倒楣的女巫被凡人害死，或被愛上凡人的王子殺死。

這些都是經濟問題，更嚴峻的是愛情問題。

女巫都是女人，大部份女人都喜歡男人。

奈何男巫數目極少，女多男少的優勢，令男巫們變得眼高於頂，盛氣凌人。

所以，很多女巫會愛上凡人，這種愛情通常沒有好結局。

因為每一個女巫都有一顆心，那顆心收藏著我們的愛情和魔法。

按照女巫界的規矩，愛上一個人，就會把那顆心送給他。

古時的愛情比較專一，一生只愛一人，女巫獻心後，大家就結婚了，雙方共用那顆心，女巫繼續擁有魔法。

但現在的人太狡猾了，有些凡人勾引女巫，就是為了騙取女巫心。

有些人初時是真心的，漸漸變了心，連人帶心一起離開。

我爸就是這樣的。

爸爸離開後，失去了一顆心的女巫媽媽，人比黃花瘦。

她的朋友紛紛出謀劃策，研究怎樣奪回媽媽的心。

其實這事不難，我們是女巫，只要有好處，凡人的權貴會前仆後繼地為我們服務。

但媽媽搖頭，拒絕。

沒多久，她就病死了。

真情 20

媽媽死後，我開始研究一種新的魔法。

我是一個女巫，當我愛上一個人，我會把心送給他。

但男人太不可靠了，我不想步媽媽的後塵，就這樣失去了我的心。

我想用魔法把我的心分成幾份，哪怕我失敗了，還可以重新愛上另一個人。

我成功把心分成三份，然後我就遇上我的初戀。

他是一個王子，為年老衰病的父王求取魔藥，求到我的頭上。

我淡然地說：「你應該知道，向女巫求藥，是要付出代價的。」

王子恭敬地拿一箱金幣：「為了治好父王，我願意付出一切。」

其實金幣的價值已經足夠了，但聽到他的話，我忍不住作弄他：「如果你要付出其他東西？比如……你的愛情？」

王子一邊說，一邊抬起頭：「我願……」

「意」字還未說出口，他已經抬高了頭，我們四目交投，然後他硬生生地把那個「意」嚥下了。

那夜月色太美，他太溫柔。

然後，我對這個孝順而俊美的王子，付出了我的愛情。

我拿出三份一的心，我告訴他當女巫愛上一個人，就會把心交給對方。

王子很感動，但卻忍不住問：「為什麼心的形狀……像一塊披薩？」

我輕描淡寫地答：「女巫的心，形狀和凡人不同。」

事實證明，擁有風險管理意識的女巫，才能經受損失。

因為我漸漸發現，王子不是那麼完美的。

他來買我的魔藥，不過是一場戲，他真正的願望是令父王儘快病死，然後繼承王位。

我把心交給王子後，沒多久，他就問我，有沒有殺人於無形的魔藥。

我不能愛一個黑心弒父的男人。

我就這樣失去了三份一的心，也許皇家的男人太過複雜，不適合當我的另一半。

我的下一個愛人，是一個白手興家的商人。

真情 22

他想買好運藥水，令他的生意更加興隆。

他主動追求我，把各種珍寶送到我面前。

我不相信商人是真心的，他就用最理智的姿態對我說：「我是一個商人，你可以打聽一下，我的商譽非常好，從不作奸犯科，我只想賺錢。」

我問：「這跟我有什麼關係？」

商人很認真地說：「我的人生目標就是賺錢，最好的選擇，當然是和女巫在一起，所以我永遠不會背叛你。」

他說得很有道理，於是我把我的心給了他。

商人對我大方又溫柔，但後來有人出高價，他居然把我那三份一的心，賣給別人了。

他對我說：「心只是一個象徵，錢才是實際的。賣了你的心，我卻依然愛你。你想要什麼禮物？是最巨型的鑽石，還是千年瑪瑙？」

我果斷地離開了他，因為我知道，只要出價夠高，他會毫不猶豫地把我賣掉。

凡人太功利了，我的第三個愛人，是一個男巫。

男巫說：「只有巫師才能理解巫師，我不會把你當作女巫，我只會把你當成一個女人，我愛的女人。」

我仔細想想，他說得對，女巫和凡人的愛情，多數沒有好結果。

我把最後三份一的心，交給男巫。

最後，他愛上了另一個女巫。

「她給我的心是完整的，你的心是破爛貨，你怎比得上她？」男巫用鄙視的眼神看著我，把我的心丟在地上，狠狠地踩成碎粉。

我就這樣成為一個沒有心的女巫。

原來，當我的愛情注定失敗，無論我把心分成多少份，結果依然是一模一樣的。

沒有心的我，失去了所有魔法，也不再奢求愛情。

可是，我被踢出女巫協會，我的房子也被收回了。

真情 24

寒夜裡，我在街上流連。

我想為自己施一個簡單的保暖咒，正要動手，我才意識到，我已經失去了魔法。

我冷得昏過去了。

我醒過來時，身處一間小屋，一個不起眼的凡人正在照顧我。

他說他叫阿四，是一個馬僕，外出時看到昏迷的我，就把我揹回家了。

我身上的被褥破爛而潮濕，散發著一股霉味，我有點生氣，我可是尊貴的女巫，我的前男友不是王子，就是大富商……

但阿四關切的眼神，令我什麼都說不出來。

阿四問：「你住在哪裡？我送你回家。」

我忽然意識到，我已經無家可歸，我不再是尊貴的女巫。

阿四沒有趕走我，也沒有要求我做任何事，他甚至不知道我是女巫。

我留下來了，阿四對我很好，他擁有的東西很少，卻永遠把最好的留給我。

終於有一天，阿四向我表白。

他說，他配不上我，只想我知道他的心意。

我忘了這場熱吻是由誰開始的，我與他抵死纏綿，但我的胸腔平靜得如同一潭死水。

畢竟，我已經沒有心了，我很後悔把我的心交給三個混蛋。

現在，我遇上真心愛我的人，卻已經沒有心可以給他了。

所以第二天早上，我打算離開。

阿四捉著我的手，哀求道：「留下來，直至你有下一個目的地，好嗎？」

我承認我很自私，我忍不住留下來了，繼續和他一起生活。

直到有一天，阿四向我求婚。

我很感動，但沒有心的我，有什麼資格得到他全心全意的愛情。

我忍著淚水說：「我配不上你，我已經沒有心了。」

話剛出口，我就感受到胸腔熱辣辣的跳動，是我的心！我的心長出來了！

這時候，阿四問：「你說什麼？沒有心？」

有時候，我們受傷太重，以為自己不會再有心。
但遇上對的人時，再破碎的心，都會長出來。

—完—

3 惡魔在身邊

我叫悠悠，是一個醫生。

媽媽說，她希望我長大後，悠悠閒閒，舒服自在地生活。

不過，我沒法完成她的期望，因為我做了醫生。

很多人羨慕醫生，說我們的薪水很高。

我的工作確是薪高糧準，可惜工作時間太長，根本沒時間花錢。

醫生可以放假，但病菌不放假、疾病不放假。

好幾次放假時，護士來電，說某個病人出現了緊急狀況，我只能馬上趕回醫院。

我知道醫院還有其他醫生，但如果有萬一呢？

萬一因為我放假了，去吃了一頓飯、看了一場電影，病人就這樣死了，或留下無法彌補

真情 28

的後遺症，我會永遠痛恨自己。

大家都說，我是一個好醫生，但我不是一個好妻子，也不是一個好媽媽。

三十歲那年，我結婚了，老公為了遷就我，特意搬到醫院附近。

除了居住的地方，他的時間、他的生活，一切都為我無限讓步。

三十三歲那年，我懷孕了，這個城市剛剛爆發了疫情。

所有醫生都很忙，為免傳染家人，我們不可以回家。

我知道只要我說一句「我懷孕了」，隔離後，我就可以回家安心養胎。

但看著走廊上密密麻麻的病人，當整個世界只剩下痛苦與呻吟，我決定冒險堅持下去，我多堅持一會，就可以多救幾個人。

結果我流產了，醫院特許老公穿著厚厚的防護衣來探望我。

我對他說：「對不起」，他對我說：「我愛你」。

他的語氣只有包容和心痛，從來沒有一絲一毫的責怪。

之後我沒有再懷孕，這也不是壞事，即使生了孩子，大概我也沒法做一個好媽媽。

我最虧欠的是老公。

我承諾，退休後就跟他一起環遊世界，輪到我陪他做，所有他想做的事。

以上是我的人生，而我接下來要說的事，和我的人生沒有什麼關係。

我只是想大家多多了解我，能幫我分析這件怪事。

最近，我在醫院發現了一個老伯。

我經常在醫生房附近，看到這個老伯閃閃縮縮，像在觀察什麼。

而且，我從來沒有見過，老伯見醫生或接受任何治療。

我向保安提起這個奇怪的人，他們說會處理，但轉個頭來，老伯還在附近。

後來，更奇怪的事出現了。

有一次，有個新病人來看病，病情不算嚴重，我開了一張藥單給他。

病人離開醫生房後，我剛好想去洗手間，就打開房門。

我看到遠處，病人和老伯交頭接耳，還把手上的藥單遞給老伯。

後來我特意留神，發現很多在我這裡看完病的病人，都會和老伯低聲說幾句話。

有一次，我還看到老伯付錢給病人。

我開始有一種被監視的恐懼。

我曾問過病人，和那個老伯是什麼關係。

病人輕描淡寫地答：「我不認識他，路過閒聊幾句而已。」「他是我爸的朋友。」

這裡是醫院，不是監獄，病人有權和任何人說話，我也沒有追問的權利。

最近醫院的病人比較多，在主任的安排下，我又住在醫院了。

我也有些煩惱，最近很多病人回來覆診，病情沒有好轉。

他們聲稱已經吃了藥，但根據我的診斷，他們根本沒有乖乖服藥。

我多問兩句，他們眼裡就出現隱約的質疑。

我做了這麼多年的醫生，兢兢業業，病人為什麼不信任我？

正當我鬱鬱寡歡時，護士叫下一個病人進來。

是那個奇怪老伯。

作為醫生，我不應該劈頭就問病人，為何形跡可疑。

我盡力依照我的專業操守，診斷他的病情，寫下藥單。

老伯突然問：「悠悠，你有什麼不高興的嗎？」

「叫我張醫生。」我皺眉道。

「好，張醫生。」老伯的語氣很溫柔：「張醫生，你最近不太高興嗎？」

我明明覺得這個人非常可疑，但面對他的眼神，不知何故，我忍不住把所有鬱結說出來了。

老伯拿著藥單，一言不發地離開了。

正當我覺得莫名其妙，沒多久，他拿著一袋藥回來：「他們不信你，我信你。」

然後，他在我面前，吃光了今天該吃的份量。

病人去看醫生，然後就服藥，不是理所當然的嗎？為什麼我會有點感動？為什麼我會想哭？

老伯見我雙目通紅，居然伸手拍拍我的手：「悠悠，沒事的。」

我馬上縮回我的手：「你想做什麼？你究竟是誰？我會報警的！」

想起老伯詭異的行逕，我想致電保安，但保安對老伯的事置若罔聞，我馬上致電給老公。

然後，手機鈴聲在老伯身上響起，他拿出手機。

「你為什麼帶著老公的手機？你對他做了什麼？」我發瘋似的想搶過手機。

老伯大叫：「悠悠小心，別摔倒，我就是你的丈夫！」

我呆住了。

他打開手機，展示一張張的合照。

他遞給我一塊鏡，鏡中的女人滿臉皺紋，原來，我已經老了。

「你退了休後沒多久，就患上了老人痴呆症，很多事都忘記了，但整天說要上班、要做醫生、要救人⋯⋯」老伯平靜地說。

因為我曾對醫院有很大貢獻，在老公的哀求下，醫院給我特別待遇，把我的病房改建成類似醫生房的模樣，令我以為自己還是醫生。

但我這個「醫生」，又怎會有病人。

於是，老公收買了一些病人，甚至是臨時演員，叫他們找我看病。

大家都知道，我本身就是一個病人，我寫的藥單，當然不會有人去取藥、服藥。

我看著桌上的藥，忍不住問：「為什麼你還會信任我，還會吃這些藥？」

「傻瓜，你永遠是我的張醫生。」老公看著我，目光溫柔。

「我做的事情根本沒有意義，我已經沒法救人了，為什麼還要留在醫院？」我幾乎崩潰地說：「我們去環遊世界，我答應你，退休要陪你環遊世界。」

我馬上拿出手機：「我現在就訂機票，你一輩子都在遷就我，現在應該由我來陪你了。」

老公按著我的手，搖搖頭。

真情 34

我瞬間明白他的意思：「我會忘掉嗎？也許明天早上，我又把你忘掉了，以為自己還是一個醫生，有很多責任，根本沒有辦法陪你環遊世界。」

老公沉默，我知道，我說出真相了。

老公緊緊擁抱著我，說：「只要你高興就行了，我們做的事有沒有意義，真的重要嗎？你快樂，就是最大的意義。」

我知道，也許明天早上，我就忘記了今天的事。

我依然會把老公當成一個變態老伯，會懷疑他的一舉一動。

所以，我永遠不會陪他環遊世界。

愛你的人，想你和一起做每一件事。

但他心底最堅持的，只有兩個願望：想你健康，想你快樂。

—完—

4

月老給我三個願望

我叫軒少，我家很有錢，富二代有很多優勢，可惜我的情路十分坎坷。

很多女人對我主動獻身，我照單全收，但沒有產生那種「愛」的感覺。

根據電視劇，我這種富二代，要撞車失憶、流落民間，才會找到那個不貪慕虛榮的真命天女。

但我沒有道理為了真愛而撞車嘛，而且我也沒法控制，什麼程度的車禍才會失憶，所以我只好接受現實。

我以為我會孤獨終老，誰知在一個月黑風高的晚上，我開著跑車撞傷了一個老伯。

我剛剛拿出一疊鈔票，打算賠醫藥費給他。

他就說：「年輕人，你的跑車那麼帥，我可以給你三個願望。」

通常神仙賜予三個願望，不是應該說「你心地善良」、「你救了我」之類的嗎？時代進步了，「跑車很帥」都能得到神仙的賞識？

「不過我是月老，所以你的願望必須和愛情有關。」

我答得爽快：「我希望，明天，我會遇到我命中注定的另一半。」

我怎會相信他是月老，我當然不會說「我想要二千個裸女服侍我」，這個答案是最穩妥的，即使他是娛樂記者，也捉不住我的把柄。

老伯點點頭，拿走我手上的鈔票。

第二天，爸爸對我說，他希望我和另一家公司的大小姐聯姻，今晚我們就要相親了。

難道願望真的實現了？我滿心歡喜地打扮，穿上了最好的西裝。

豈料大小姐居然長得很醜，我忍不住去洗手間，致電爸爸：「你知道她長得有多醜嗎？」

「關燈就沒問題了。」

「爸，貪平娶醜婦，代代醜兒孫！」

「你可以做人工受孕嘛，或者你生幾個私生子。這場聯姻對公司很有幫助……」

最後，爸爸居然用遺產繼承權，威脅我和大小姐好好相處。

我灰心地掛線了，這時候，昨天的老伯站在旁邊，笑瞇瞇地問：「如何？看到命中注定的另一半了嗎？」

我開始相信他是神仙了，是猥瑣下賤、喜歡作弄凡人的神仙。

「她那麼醜，我怎會愛上她？難道她很有內涵？」我大吐苦水：「即使她很有內涵，但『外涵』這麼差，我哪有心思了解她的內涵？」

月老無奈地說：「沒有人說你會愛上她，不過根據姻緣簿，你會娶她。結婚與愛，沒有必然關係，很多人做了一輩子夫妻，也不相愛。」

「我一定要娶一個醜女？」我想哭了。

月老意味深長地答：「如果沒有我，你就跑不掉了……」

對了，我還有兩個願望，我可以許願，令爸爸不要逼我娶大小姐。

但仔細一想，即使我不娶她，還會有另一個大小姐，豈不是浪費了一個願望。

即使爸爸不逼我聯姻，我也未必能找到真愛。

所以，我應該用第二個願望，先找到真愛；再用第三個願望，令我們開花結果。

第二個願望應該怎麼說？說「我要真愛」？

萬一那個真愛長得很醜，我只是中了邪般愛慕她，那可怎麼辦？還是自己選擇比較穩妥。

「我不會那麼自私，只用願望滿足自己。」我義正詞嚴地說：「現在的女人不是貪財，就是貪圖男色，這個風氣實在不可取。所以，我的第二個願望，是世上的女人，都不會再被物質和外表吸引！」

話甫出口，我也覺得自己很偉大。

當女人不再貪慕虛榮，我只要選擇一個美女，就已經是我心目中的灰姑娘了。

月老點點頭，問我要了兩萬元的「手續費」，又消失了。

第二天上網，我看到很多富二代、帥哥都被女友拋棄了。

再看看女生的社交媒體，不再說什麼帥哥、明星、名牌，而是在討論哲學，有人談詩詞歌賦、有人談音樂、有人談畫畫……世上充滿了清泉！

我躊躇滿志地外出，尋找我的真命天女。

我倚著跑車，用最英俊瀟灑的姿態，向路上的美女搭訕。

我曾經百發百中，今天居然不斷被拒絕，折騰了一整天，才拿到兩個美女的電話號碼。

不過，貴精不貴多嘛。

我和第一個美女聊了一天，氣氛不錯，說著說著，她問我怎麼看達文西的畫作。

我認識姓達的人，只有達哥……不對，達哥不姓達，達爾文才姓達！兩個都是著名的洋人！

我馬上回應：「你在說達爾文的兄弟？」

美女反問：「你很熟悉達爾文嗎？」

我記得讀書時，老師說過達爾文和猴子，我就說：「對，達爾文發明了猴子，很偉大。」

美女不再回覆我了。

第二個美女喜歡談論音樂，我經一事長一智，她每說一句話，我也先上網找答案。

但聊了一會，我就心力交瘁，難道我一輩子都要活得這麼累嗎？

這時候，月老又出現了，他問我：「感覺如何？」

我嘆道：「一點也不好，那些女生像大學教授一樣，話題深奧極了。」

月老無奈地說：「當女人不被物質和外表吸引，就會關注才華了。」

「行了，我知道自己沒有才華，能不能修改願望，讓她們不被才華吸引？」

「也不是不行……」月老笑瞇瞇地答道：「但不說才華時，就要比較努力和耐性，半夜送宵夜，隨傳隨到，出入接送，你能做到嗎？」

「我又不是『當兵』！」唉，說到底，原來我只能靠財富吸引女人。

不過，我還有一個願望，我決定腳踏實地。

我許願：「我希望和相愛的人結婚，幸福快樂地過一輩子。」

最普通的句子，就是我最渴望的幸福。

月老點點頭，然後……他開始脫衣服？

準確地說，他一邊脫衣服，一邊褪皮，很快就變成了一個絕色美人。

「我美嗎？」美人含羞答答地看著我，我不由得小鹿亂撞。

「美，但……你不是要給我一段姻緣嗎？」而且，三十秒前，你還是一個猥瑣老伯！

「我就是你的姻緣。」美人步近，呵氣如蘭：「你喜歡我嗎？」

結果，我沒法抵受誘惑，我深深地愛上了他。

原來，從前我找不到真愛，不是因為女人貪慕虛榮，而是她們長得不夠漂亮，沒法令我動心，我實在太膚淺了。

不過，爸爸同意了我們的婚事，我們幸福快樂地過了一輩子。

我臨終前，看著我的妻子，他還是一個大美人。

雖然在外人面前，他的長相也漸漸變老，但二人世界時，他就會變回一個美女，令我無比慶幸他是神。

我這輩子沒有什麼遺憾，只有一個疑問：「你為什麼要嫁給我？」

「你聽過『天上一天，人間一年』嗎？天帝給了我兩個月的假期，讓我到凡間體察民情。」月老嘆道：「難道我要住六十年的劏房？我不想打工，最好的歸宿就是嫁給有嫁人。」

從頭到尾，他只是喜歡我的錢？

我憤怒得渾身顫抖：「我的願望是找一個『相愛的人』，你騙我！」

「愛一個人肯定有原因，愛你的才華、愛你的性格，和愛你的錢有什麼別別？」

「當然有分別，如果只是愛錢，世上一定有人比我更富有。」

「如果愛才華，世上沒有人比你更有才華嗎？」月老繼續問：「這大半輩子，你快樂點？」

我想了想，點點頭。

月老笑了笑，沒有再說話，而是含情脈脈地捉著我的手，陪我走完人生的最後一段路。

愛情，說到底，都是為了快樂。

快樂就好，用不著尋根究底。

—完—

5

和女友交換身體

一場車禍，令我的同居女友晴晴，躺在病床上奄奄一息。

雖然她的神智仍然清醒，但只是迴光返照。

「阿邦，我剛收到你電話，馬上趕過來，晴晴怎麼樣了？」這是我的好友巫師，他自小就喜歡研究古怪的巫術，所以人人都叫他「巫師」。

我從前也常常嘲笑他，但這一刻，我把他當成最後一線希望，哀求道：「你能救晴晴嗎？」

我知道希望很渺茫，起死回生哪有這麼容易。

豈料巫師點點頭：「不過你需要犧牲。我剛學會『靈魂交換術』，雙方同意之下，可以交換靈魂一年，肉身的所有傷勢都會康復。」

呼，我還以為所謂「犧牲」，是要用我的性命，交換晴晴的性命。

交換靈魂一年而已，反正我們同居，熟悉對方的人際關係，不會有大問題。

我低聲對晴晴說了這件事，她也同意了。

於是，我捉著她的手，巫師念了一段咒語，我們一起說：「同意交換靈魂。」

嘩，我馬上變成了晴晴，沒多久就出院了。

車禍前，我們正在籌備結婚，不過，現在我們同意一年後再籌備婚禮，女人當然希望能親自穿婚紗嘛。

變成女人後，生活會有什麼變化？

出院後，我一直在想，做女人會不會很麻煩。

誰知我剛剛回家，還未坐下來，正在使用我的身體的晴晴，就拿著一罐介乎綠色、黑色與棕色之間的物體，說：「這是海底泥，你在醫院待了那麼久，要做深層清潔。」

我一心只想睡覺，反抗道：「什麼海底泥？我只聽過海底椰。平日我從不干涉你買什麼護膚品，你可不要逼我。」

「喂，這是我的臉！如果你一年不保養，我就人老珠黃了，到時我怎麼辦……」

結果，我被逼敷了海底泥，好不容易完成這部份，還有去黑頭補濕美白眼霜睡眠面膜睡眠唇膜……

這個程序每天都重覆，而且除了臉，還有身體保養。

現在晴晴每天監督我洗澡，不要有香艷的想像，她怕我不護髮、不磨砂，不跟次序先塗這個再塗那個……

結果，我每天的洗澡時間，由五分鐘直線上升到一小時，當中包含我因為不耐煩，而跟晴晴吵架的時間。

放假時，晴晴要帶我逛街，四處搜羅護膚品。

以前她會自己買這些東西，但交換身體後，她從前申請的會員卡、積分，一定要「本人」，直接令我失去自由。

我以前覺得，做女人真辛苦；我現在覺得，無論男女，做人如果辛苦，至少有一半是自找的，要求太多，才那麼辛苦。

真情 46

但我最生氣的，不是護膚問題，而是以晴晴的身份上班後，我發現了一個祕密。

原來，晴晴一直沒有告訴同事，她有男朋友。

晴晴解釋：「單身女性在職場有很多好處的。」

每天有一堆男同事殷勤服務，我當然知道有什麼好處。

晴晴聲淚俱下地哀求我：「我很在意我的事業，求你幫幫我，一年而已。」

我知道晴晴很有事業心，雖然她的工作不是什麼專業、很簡單，但她整天夢想成為一個成功人士，在商場大展拳腳。

她用我的身體淚如雨下，我心軟了。

唉，男人和女人吵架，如果不分手，就是耐性的戰爭，換句話說，男人輸定了。

對著這種連敷面膜都可以花一個小時的生物，你可以比她更有耐性嗎？

工作了幾個月，連年輕有為的老闆文迪，也開始追求我。

晴晴很驚喜，說文迪從前沒有留意她，她還叫我不要強硬拒絕文迪，讓她提升在公司的地位。

我要幫女友留住別的男生？聽起來就是一件傻事。

不過，我發現文迪為人不錯。

尤其我回家會被晴晴逼著護膚，我寧願和文迪飲酒作樂，像兄弟般相處。

從此，我每天早出晚歸，和文迪四處遊玩。

我已經打定主意，一年期滿前，就和文迪鬧翻，讓他不要再騷擾晴晴。

誰知一年期滿前一晚，文迪跪在我面前，拿著一隻巨大的鑽戒：「晴晴，我知道我太唐突了，但我真的很愛你，我從來沒有遇過這麼特別的女生，你爽朗的性格……」

「不行。」我果斷拒絕。

雖然這一年我和晴晴日夜爭執，感情已經破裂，只是還在「交換身體期」內才沒有分手，但無論如何，我不可以代她答應別人的求婚，這對文迪也不公平。

文迪問：「為什麼？我做錯了什麼嗎？」

唉，我又心軟了，我把真相告訴他，信不信由他，我只是不想他被晴晴欺騙。

沒想到文迪完全沒有質疑，只是問：「那你喜歡我嗎？」

「我享受和你相處，但身體上，我不能接受和男人談戀愛。」我努力措辭：「我不反對同性戀，但我不是同性戀。」

文迪點點頭。

「你明白了？」這一刻，我有少許心痛。

文迪答：「我想要一個電話號碼。」

第二天起床，我終於變回男兒身，但晴晴消失了，也許她想無聲無息地分手吧。

晴晴走了，文迪也走了，我又回復單身。

等等，為什麼我把文迪當成對象？

這時候，門鈴響起來了，我心裡竟然有少許期待是文迪。

但我打開門，門外是笑容燦爛的晴晴，她問：「你叫阿邦？你想叫我文迪還是晴晴？」

那晚，文迪問我巫師的電話號碼，我以為，他只是想驗證我說話的真假。

誰知道，他會和晴晴交換身體。

巫師收錢辦事，我卻想不明白：「為什麼晴晴願意和你交換？」

文迪回答：「她想做老闆吧。」

晴晴一直想闖出一番事業，現在有機會不勞而獲，怪不得她不辭而別。

「總之我們永久交換了身體，你願意接受我嗎？」文迪含情脈脈地看著我。

我忍不住問：「你願意做女人？」

文迪笑了：「可以和你一起，我什麼都願意，你不會逼我敷面膜吧。」

從此，我就和我喜歡的身體加我喜歡的靈魂，幸福快樂地生活下去。

但我沒有猜到，一年後，文迪版晴晴就由一個纖瘦的美女，變了一個二百五十磅的暗瘡肥婆。

文迪變成了晴晴，當然不會敷面膜、保養、磨砂，天天和我喝酒吃肥肉通宵打遊戲。

一副細心保養的身體，突然不保養，很快就被糟蹋了。

我們依然志趣相投，我依然是幸福的，只要我不在乎他的外表。

不過有時看著他，我寧願他還是文迪，那時他看起來比較順眼……

—完—

6

愛在戰爭之後

那一年，我二十歲。

和很多女生一樣，我曾經幻想過，我的丈夫是怎麼樣的？是隔壁體貼的大哥哥，還是成績最好的才子，抑或……

但無論如何，我也沒有想過，會是一個語言不通的陌生士兵。

對，我的國家在打仗，而且節節敗退。

但這一場仗打了十多年，我自小就在戰火下生活，戰爭像是一件最普通的事。

沒有文化的我，從來沒有考慮過，打了十多年的仗，敵國血氣方剛的士兵，怎可能沒有女伴？

為了減少強姦案，政府決定隨機抽取我國的女人，「嫁」給敵國的士兵。

真情 52

所謂「隨機」，自然不會抽中富人家中的女兒。

然後就抽中了我。

這一刻，我完全沒有結婚的喜悅，只有無盡的恐懼。

我曾向其他「新娘」打聽，她們說，敵國的士兵，只會把我們當作洩慾工具。

我明白，初次見面，加上語言不通，難道你指望人家會對你柔情蜜意嗎？

但除了洩慾外，甚至有毆打、虐殺……我們沒法討回公道。

新婚之夜，我看到那個五大三粗、滿面鬍鬚的士兵，我只想哭。

我不斷提醒自己，不可以哭，媽媽說，如果我惹怒了我的丈夫，我就死定了。

士兵步近，我已經嗅到他身上的氣息。

我不想死，我努力擠出一個笑容。

也許我的演技太差了，他似乎看出我的恐懼，他伸出手，摸摸我的頭，像撫摸小動物般溫柔。

從此，我愛上了他。

愛情可以很複雜，也可以很簡單，不一定志趣相投、琴瑟和鳴，只是一個你以為會百般虐待你的人，輕輕撫摸你的頭，世界就不一樣了。

我再也忍不住眼淚，抱著他不斷地哭，像要把所有的恐懼與不安都哭出來。

從此，我認定了他就是我的丈夫。

此後，我們像正常夫妻般相處，除了語言不通外。

他努力表達，我努力猜測，他的名字大概叫「亞佰」。

亞佰對我很好，我甚至慶幸，我可以成為被「隨機抽取」的新娘。

所有事都發生得很快，我懷孕了，亞佰要離開了。

準確地說，不是他離開了，而是敵國和我國簽訂了和約，敵軍全部撤退。

我不了解家國大事，我只知道一陣兵荒馬亂，甚至沒有道別的時間，所有士兵都消失了，包括我的亞佰。

除了我，所有人都很高興，為和平而慶祝，有遍體鱗傷的「新娘」開心得昏過去了。

我們這批新娘被發還娘家，可以再嫁。

媽媽叫我墮胎，我不願意，我已經結婚了，這是我和亞佰的兒子。

亞佰只是逼於軍令，不得不撤退，我相信，他很快會回來找我。

然後我的兒子雅白出生、讀書、成年；媽媽由每天勸我再嫁，直到媽媽逝世了，亞佰還未回來。

所有人都說，亞佰回國後，自然會娶一個合襯的妻子，怎會回來找我這個敵國村姑，雞同鴨講。

我覺得，亞佰也許因為某些原因，沒有辦法回來找我，就像我沒法去找他，因為我不懂得申請出境，更加沒有亞佰的地址。

二十年來，我不斷思考，為什麼我找不到亞佰？

最重要的原因是，我沒有文化。

所以我努力栽培雅白，他也沒有辜負我的期望，努力讀書。

雅白認得很多字，還學會了洋文。

即是說，他可以代我去找亞佰，兒子找父親，天經地義。

他義不容辭地帶著僅有的線索，出國找亞佰。

我沒有和他一起去，因為我的積蓄，不足以負擔兩個人的機票。

其實我知道，憑著一幅二十年前的照片，還有一個不準確的名字，很難找到亞佰。

但世上總會有奇蹟，正如我和亞佰，身份懸殊卻相遇相愛，本來就是一個奇蹟。

就這樣，雅白帶著我一生的希望出國了。

初時雅白有寫信，告訴我他的動向。

他找到當年負責調配人手的老軍官，他找到來過這個城市的一支部隊……一步一步，彷佛愈來愈接近亞佰。

直到有一天，雅白寫了一封信，說他在外國認識了一個女生叫娜娜，娜娜很喜歡他，整封信都在說娜娜的美好。

亞佰呢？我很害怕，雅白會只顧談戀愛，不再找父親。

我識字不多，只能找村裡的學者幫我讀信，從來沒有回信。

這次我特地付錢，請人幫我回信，叫雅白不要顧著戀愛，先做正經事。

然後，我有一段時間都沒有收到雅白的信。

最後一封信終於來了，雅白罵我：「你的愛情是愛情，我的愛情就沒有意義？你真自私。」

然後，無論我怎樣回信，是憤怒還是哀求，雅白也像亞佰般消失無蹤。

這次我沒有辦法再對自己說，雅白是「因為某些原因，沒法回來找我」。

每次有朋友出國，我就托朋友去雅白的地址找他，但那裡已經人去樓空。

我一個人，又過了二十年。

我已經是一個老婆婆，有一天，有個中年外國女人來找我。

那個女人拿著我寄給雅白的信，她說，她是娜娜。

當年她與雅白墮入愛河，也知道了雅白的身世，誰知雅白在外國車禍身亡。

娜娜怕我受不住打擊，就代雅白回信給我，裝作為了談戀愛，不理會母親的哀求。

「過了這麼多年，我想把真相告訴你，雅白從來沒有拋棄過你。」女人拿出一張合照：「這是我和雅白的兒子，也是你的孫子。」

女人繼續說：「雅白死前，已經找到亞佰的線索，原來亞佰回國後，沒多久就死了，但雅白來不及告訴你。」

我相信她是娜娜，才會有我寄給雅白的信。

可是，我真的有個孫子？雅白真的出了車禍？他真的找到亞佰了？

我不確定。

但我看著這個女人誠懇的眼神，我知道，無論她的話是真是假，一個陌生人，千里迢迢來安慰我，已經很難得了。

於是，我開始問她，孫子的生活細節，兩個女人又笑又哭。

我這輩子，不知道丈夫愛不愛我，不知道兒子愛不愛我。

也許世上有很多問題，都沒法得到答案。

但至少，六十歲那年，有一個陌生的外國女人，我很確定，她愛我。

每人都想被愛，但最後你得到的，未必是你一開始期待的那份愛。

曾經幸福，曾經被愛，已經很難得了。

—完—

7

誰比誰更加愛

聽著一個又一個的「愛情故事」，我快要睡著了。

我是一個編劇，公司將要製作「愛情大作戰」真人騷，招募情侶或夫妻，表現他們的真愛，會在電視播出，再由觀眾投票決定哪一對是「最愛」。

今天是首輪面試，我聽了很多個故事，有戀愛十天的小情侶，認定對方是一生摯愛；有濃妝艷抹的中年女人，說丈夫有多麼愛她，例證是送了多少個名貴手袋。

真沉悶，直到有一個九十歲的伯伯走進來，我才眼前一亮。

這個年紀有很多故事，什麼相依為命、貧窮疾病痛苦都不會分開……

誰知道，我聽梁伯說了半天，似乎也沒有賣點。

梁伯和婆婆白頭到老，無兒無女，靠積蓄生活，但經濟情況不算太差，不算富有，但也不用撿垃圾為生。

健康嘛，根據梁伯的描述，他和婆婆都能吃能睡，沒有患上絕症。

他們的相遇，就是經媒人介紹，沒有什麼「分隔二十年後重逢」、「發現對方是失散多年的親兄妹」……

梁伯不斷重覆他們的生活瑣事，經理愈來愈悶，擺擺手道：「下一個。」

梁伯問：「那我能不能上電視，說我和老婆的故事？」

經理回答：「我們會打電話通知你。」

梁伯以為自己成功了，神采飛揚地離開了，但在場所有人都知道，梁伯失敗了。

放工後，我回想這件事，心裡有些不舒服。

夫妻結婚六十年，風雨同路，肯定有一些動人的故事。

於是我打電話告訴梁伯，說想和他做個家訪，他爽快地答應了。

到了梁伯家中，他們熱情地招待我。

但我發現，梁伯的妻子居然是瞎子，我震驚地問：「梁太太，你的眼睛……」

「對，我是個瞎子，街坊都叫我『盲婆』。」

我問梁伯：「你面試時，怎麼不說這件事？」

「我一直叫她『老婆』，不會叫她『盲婆』……」梁伯反問：「這件事重要嗎？」

我答：「當然重要，她雖然失明，但你不離不棄地照顧她，多有噱頭。」

梁伯難以置信地說：「但是，她既懂得煮飯，又懂得做家務，一直是她在照顧我。」

「別聽他胡說八道，沒有他幫忙，我哪能煮飯。」盲婆笑著拍拍梁伯。

我打斷他們的打情罵俏，說：「總之，梁伯重情重義，從來沒有嫌棄盲婆，本身就是噱頭。」

「但我和她在一起，不是因為情義，是因為……因為我和她在一起很舒服啊，她那麼好，有沒有視力，都是最好的。」梁伯努力表達自己的想法：「我想參加你們的節目，就是覺得她很好，我不能給她什麼好東西，我應該告訴全世界，我的老婆是最好的。」

唉，和梁伯解釋，簡直是對牛彈琴。

第二天上班，我把這件事告訴經理。

「哦，梁太太是瞎子？也算是一個故事。」經理話鋒一轉：「但……少了一點東西，盲也不會死吧，故事不夠感人。」

我無法說服經理，衝口而出地說：「其實，梁太太有絕症的。」

「什麼絕症？」

我搪塞道：「我忘了，我先問問他。」

我致電梁伯，梁伯很驚訝：「我要說謊，說老婆患了絕症？」

「我們又不會查看醫生證明，梁太太躺在床上，你裝作照顧她就行了。」

「說謊不好吧。」

我極力勸說：「但你們能上電視，人人都會知道，梁太太有多好。」

最後，梁伯說要考慮一下。

但沒多久，公司出了通告，「愛情大作戰」的人選定下來了。

我忍不住問：「為什麼沒有梁伯？他的妻子是瞎子，還患了……」

「那個老伯？我們看過他的面試片段，說話結結巴巴的，滿臉皺紋，哪有觀眾想看到他？」經理拿一疊照片：「這些就是我們的參賽者，你看看這個女生多美，含情脈脈的樣子，真是少男殺手，還有這個主持，他的說話很動人……」

我不明白，這個大作戰不是比較誰愛得比較深嗎？為什麼最後，還是看誰長得好看、誰更會說話。

但我沒法反駁，也許這就是世界的真相，無論在哪個戰場，說穿了都是樣貌與表達手法的戰爭。

梁伯就這樣輸了。

我可以為梁伯做什麼？

於是，我找回當天的面試片段，想給梁伯留個紀念。

誰知，我致電梁伯時，他人在醫院，原來盲婆進了醫院。

我到了醫院，盲婆沒有患上絕症，只是一個小病，但對於一個九十歲的老人家而言，小病也可以來勢洶洶。

梁伯坐在病床旁，盲婆睡著了。

我把面試的片段播給梁伯，雖然已經把聲音調低了，但盲婆依然被驚醒了，她問：「咦，我們的電視節目播映了？」

我和梁伯面面相覷，不知道該怎樣回答。

盲婆沒法看到畫面，她聽著片段中的梁伯，述說著他們的生活瑣事，她笑得很甜，沒有牙的嘴咧開了，滿臉的皺紋都像在發光。

「哎呀，你在電視裡把我說得這麼好，臉皮真厚。」

「你就是這麼好！當然要告訴大家……」

梁伯和盲婆開始討論，就像梁伯真的參與了電視節目。

我唯一可以做的，就是把影片的聲音調得更大。

後來，盲婆死了，不是什麼大病，只是年紀大了，自然會死。

總有一個，比另一個早死。

有一次，我跟梁伯一起去拜祭盲婆，梁伯對我說：「謝謝你。」

「不用謝，其實我沒有做什麼，也不能幫你加入『愛情大作戰』。」

「但這樣就很好了……」梁伯看著盲婆墓碑上的黑白照片，笑容有幾分苦澀：「能不能上電視，她也是世上最好的，只是……沒了……」

梁伯依然不善言辭，也許他們的愛情沒有什麼特別之處，既不驚天動地，也不蕩氣迴腸，更不能上電視。

但你知道你愛他，不用來一場大作戰，不用證明給任何人看，這段愛情已經是最完美的。

只是，終有一天他會死。

—完—

8 我的職業是：食夢貘

我是一隻貘，根據維基百科的介紹，我「身體像熊，鼻子像象，眼睛像犀，尾巴像牛，腿像老虎，據說是從前神創造動物的時候，把剩下的半段物用來創造了貘」。

我不知道這是不是真的，正如人類還在爭論，人是怎麼來的。

不過維基百科裡，有一件事是真的：貘食人類的夢境為生。

每一晚，我們穿梭在人類的夢中，吃掉最美好的夢，人類早上起床時，我們就回家睡覺。

愈美好的夢就愈可口，我喜歡甜味，最喜歡吃那些甜蜜的愛情夢。

所以，我專門找那些二十歲左右的女生，她們常常有那些表白、談戀愛的夢境，多麼可口。

男生就不行了，他們也會在夢中談戀愛，但總會忍不住動手動腳，然後……男生的夢又甜又咸，味道古怪。

今晚我吃了一個很美味的夢，有個叫慕兒的女生，在夢中和男生表白，表白成功，他們即將要接吻……

我一口把那個夢吃掉了，嘩，又香又甜，期待值達到巔峰的夢，真是人間美味。

慕兒就從美夢中驚醒，一臉失望地說：「只差一點點。」

沒多久，我又去找慕兒，她又夢見那個男生，夢中他們情投意合，慕兒嬌羞一笑，即將投入男神的懷抱……

我一口咬下去，真可口！

慕兒再次驚醒，失魂落魄地說：「為什麼每次都差一點點？」

我有少許慚愧，匆忙地離開了。

但慕兒的夢，是我吃過最可口的夢。

所以我忍不住再去找她，慕兒不是每晚都會夢見男神，等了一段時間，她終於作了一個香甜的美夢。

這次慕兒驚醒，一言不發，默默地流了一滴眼淚。

我很愧疚，忍不住安慰她：「別哭了，你還會夢見他。」

豈料，慕兒伸手一抓，就捉住了我的尾巴。

我的隱身術被破功，露出真身。

慕兒質問我：「是你，令我每次作夢都功虧一簣？」

我有點心虛：「這只是夢，既然你喜歡他，就在現實中跟他表白嘛。」

「不行的。」慕兒嘆了一口氣，說出他們的故事。

原來，那個男生叫城武，是慕兒的中學同學。

慕兒一直暗戀城武，但那時城武有女友，慕兒不敢開口。

後來，慕兒聽到了他們分手的消息，鼓起勇氣織了一條圍巾，準備表白。

但她來不及送出圍巾，就聽到城武交了新女友的消息。

由於他們不在同一個班級，又沒有什麼共同朋友，所以慕兒的消息滯後，城武結交女友的速度就像閃電俠一樣，令慕兒找不到表白的空隙。

直至中學畢業，慕兒也沒有機會和城武單獨說話。

慕兒對城武念念不忘，一直沒有談戀愛。

慕兒對我怒目相向：「只有在夢中，我才能接近他。我每天都會想念他，晚上才有機會夢見他，這些都被你摧毀了。」

我安慰慕兒：「對不起，你還會夢見他的。」

慕兒以為我有改變夢境的能力，馬上雀躍起來：「我要在夢中和他結婚，要完成婚禮！」

我不敢告訴他，貘只懂得食夢和隱身，不能影響夢境的內容。

不過，慕兒常常夢見城武，只要貘不把她的夢吃掉，終有一天她會心想事成。

我們約好，只要慕兒在夢中和城武完成婚禮，從此慕兒的夢就任我品嚐。

這段期間，我每晚留在慕兒身邊，免得其他貘把她的夢吃掉。

真情 70

我暫時不能吃慕兒的美夢，肚子卻餓得難受，唯有吃她的噩夢充飢。

我安慰自己，多等一會，只要慕兒完成心願，下半輩子我就有無窮無盡的美食供應了！

但不知何故，慕兒一直沒有夢見城武。

慕兒哭著說：「嗚，我夢見他的限額，是不是用完了？」

「夢境哪裡有限額。」我隨口說：「說不定城武也一直暗戀著你。」

慕兒突發奇想地說：「幫我去看看城武在做什麼，他有沒有想起我？」

對了，如果城武也在思念慕兒，他倆有情人終成眷屬，我豈不是超額完成任務？

我潛伏在城武身邊，觀察他的夢境，他夢見很多女人，媽媽、婆婆、前女友、現任女友、女明星、女上司……就是沒有慕兒。

我為慕兒覺得不值，但我沒法指責城武，他與慕兒不熟，專心談戀愛結婚，也沒有做錯。

我唯一可以做的，就是悄悄吃光城武的美夢。

哼。

慕兒在社交媒體上，看到城武快要結婚，哭得呼天搶地。

我安慰她：「別哭了，城武不愛你，還有很多男人愛你。」

慕兒問：「還有誰？」

我愣住了，她的問題太尖銳了，我怎麼知道誰會愛上她。

「我永遠都沒法擁有愛情，對嗎？」慕兒抬起頭，她長得不算太美，但這時候，白皙的臉上掛著一行淚珠，我見猶憐。

那一刻，愧疚和心痛混為一體，衝破了種族的界限。

吻下來，豁出去。

**　　**　　**

我一邊講述我的經歷，一邊注意樓下的動靜。

然後我語重心長地對我的子孫說：「所以，我就為貘族定下祖訓，只可以吃人類的噩夢，不可以吃好夢。」

曾孫委屈地說：「太爺爺，美夢的味道太香甜了，特別是愛情夢……」

這時候，一陣麻雀聲陪隨著妻子凶悍的叫聲，從樓下傳來：「老混蛋，還在樓上說故事？快點下來斟茶。」

我全身的毛孔都在顫抖，馬上用最恭敬的聲音答道：「是的，老婆大人！」

然後，我低聲叮囑子孫：「你們看到了，愈美味的夢，愈是後遺無窮！」

我和慕兒結婚後，她沒有再夢見城武。

不過，她不讓我再吃其他人的夢，說是怕我和其他人產生感情，所以我只可以吃她的噩夢。

天天吃大便，還要吃同一個人的大便，人生真的沒有希望了。

唉，世上有很多種不同的女人，但「老婆」只有一種。

結婚後，所有老婆都是這麼凶的。

—完—

9

我的職業是：影子

世界上最了解你的，不是你的母親，也不是你的妻子，是你的影子。

從出生那天起，他就跟著你，看著你長大，看著你變壞。

有光就有影，沒有光也有影，不過沒有光時，你沒法看到影子。

我就是一個影子，影子沒法說話，甚至連移動的空間也受到限制。

我們只可以做一個旁觀者，看著主人的悲歡離合，為他的錯誤決定而懊惱，但無能為力。

我的主人叫阿傑，是一個平凡的男生，成績中上，沒做過什麼好事，也沒做過什麼壞事。

但阿傑的生活很快樂，玩玩遊戲、和朋友聊聊天，嘻嘻哈哈又過了一天，哪像我這麼沉悶，每天只能看著他。

直到我遇上小雯，小雯不算很美，但身材很好。

我看了她一眼，就被她迷住了，更準確地說，是被她婀娜多姿的影子迷住了。

我用盡全身的力氣，令我更加接近小雯的影子。

小雯發現了這件事，問：「哎，我們的距離這麼遠，為什麼影子卻會連在一起？」

阿傑滿面通紅地說：「可能……我們有緣。」

我就這樣成為了阿傑和小雯的媒人，唉，我真是一個無名英雄。

最重要的是，從此我的生活就有了色彩。

阿傑天天和小雯談戀愛，我也可以天天看著美麗的影子。

是的，影子的幸福就是這麼卑微，只求一飽眼福。

時間過得很快，阿傑畢業了，找了一份工作。

他的上司很刻薄，連影子也份外猙獰，合約上寫工作時間是朝九晚六，但阿傑每晚都加班到九點。

阿傑說，社會競爭太大，不願意加班的員工，就沒有升職機會。

後來，阿傑和小雯一起儲蓄，儲夠了首期，就買樓結婚。

小雯穿著華麗的婚紗，在眾人的歡呼下，我和她的影子深情一吻。

從此，小雯是阿傑的妻子，小雯的影子是我的妻子。

沒多久，阿傑也升職了，工作更加忙碌。

他們賺了錢，換了更大的房子，還買了一部車，既要供樓又要供車。

阿傑的生活質素愈來愈好，但我只是一個影子，他的生活，我沒有機會享受。

我要的，是愛情！

但是，阿傑和小雯愈發疏遠。

房子大了，房間多了，廁所也多了一個，他們開始分房而眠，連廁所也是一人一個。

除了「回家了」、「明天要交管理費」這些家常對話外，他們幾乎沒有溝通。

有時他們閒聊幾句，就會為一些雞毛蒜皮的事而爭執，然後不歡而散。

為免爭執，他們盡量避免溝通，真是一種惡性循環。

小雯美麗的影子，愈發遙不可及。

有時我明明看見了她的影子，但阿傑偏偏和她擦身而過，令我心癢難耐。

我天天跟著阿傑，肯定他沒有出軌，為什麼他和小雯會變成這樣？

小雯是一個好女人，他們是彼此的初戀，為什麼阿傑不懂得珍惜？

無數的疑問，令我對阿傑的怨氣愈來愈深。

我只是一個影子，我的怨氣無人知曉、無人理會。

直到阿傑在公司昏倒了，醫生說他操勞過度，身體出了不少問題。

我不太明白醫生的話，我只知道，如果阿傑死了，我也會消失。

我努力貼近阿傑的身體，想搞清楚他到底發生什麼事了。

突然，我不由自主地進入了他的身體，看到一個縮小版的阿傑，在我面前沉睡。

我記起一個傳說，一個流傳在影子間的傳說。

據說人的身體狀況不好時，靈魂也特別脆弱。

這時候，如果有外來的東西入侵，消滅了原本的靈魂，就可以取而代之……例如影子。

我一腳踩在縮小版阿傑身上。

他驚醒，他掙扎著大叫：「你這個黑乎乎的東西，你是誰？這是哪裡？」

我一言不發，把他踩成碎粉。

然後，我變成了阿傑。

我睜開眼睛，看到小雯坐在病床旁邊，憂心忡忡。

小雯驚喜地說：「你醒過來了？」

我的心暖洋洋的，同時我覺得自己做對了，阿傑不懂珍惜小雯，如果我是他，我一定會做得更好！

出院後，小雯又像之前般冷淡。

我捉著小雯的手，和她坐在梳化上，說起從前談戀愛的一點一滴。

小雯的神情如冰山融化，愈來愈柔和。

我也心動了，我們開始接吻，原來女人的嘴唇是那麼柔軟的，這才是我的初吻。

我心猿意馬，正想更進一步，小雯忽然推開我：「不要在這裡。」

我問：「為什麼？」

「你忘了嗎？這張沙發是新買的，萬一弄髒了，很難洗乾淨的。」

我的熱情被打擊了，但我還是點點頭：「好吧，我們去睡房吧。」

走進房間，還沒碰到床，小雯又把我推開：「還是不行。」

我問：「這次是為什麼？」

小雯答：「沒有套套嘛，我們計劃了，兩年後才生孩子嘛。」

我含情脈脈地看著小雯：「現在不行嗎？我愛你，我想和你生……」

小雯打斷我的說話：「我們還未儲夠育兒基金。」

我唯有屈服：「好，我去買，明晚……」

「不行，明晚我媽生日，我們要去吃飯，你連這件事也忘記了嗎？」

我又說：「那我現在去買。」

小雯看看時鐘，問：「半小時行嗎？半小時內買了，再回家完成這件事。」

我難以置信地問：「為什麼要限時？」

「明天早上要上班嘛，不能太晚睡覺。」

「我請假。」

「神經病，請假要扣勤工獎的。」

「你說我是神經病？你才是神經病……」

我們莫名其妙地吵起來，什麼情趣也沒了。

我徹夜無眠，不斷思考我和小雯的問題。

第二天上班時，我不斷打瞌睡，擬定合約時寫少了一個零，被老闆罵得狗血淋頭。

好不容易下班了，回家還要覆電郵。

完成公事後，我已經心力交瘁，滑了一會手機就要睡覺了，根本沒有時間哄小雯。

不，我是一個忠於愛情的影子！

於是我默默辭職了，打算給小雯一個驚喜。

豈料小雯把我罵得狗血淋頭：「你辭了職，怎樣供樓供車？你再發瘋，我們就離婚。」

我逼於無奈，只好急急忙忙找一份新工作，薪金沒有以前高，壓力還增大了。

之後，我的生活和以前的阿傑沒有太大分別。

在生活壓力下，小雯變得很暴躁，我工作太繁重，也沒有精力哄她，令她更加暴躁。

但我沒法制止這個惡性循環，因為我要生活，沒道理把之前建立的事業毀於一旦。

也許，退休後，情況會改善吧……

身在局外，總覺得自己可以做得更好。

走進局內，才發現每個人都有他的難處。

用盡全力，依然無能為力。

—完—

10

當羊愛上狼

愛情，就像花一樣，你不知道哪一天會開花。

但突然有一天，你意識到，原來這朵花已經盛放了。

我不是文青，我是一隻羊。

我小時候很貪玩，在羊欄裡發現了一個漏洞，悄悄鑽出去，認識了一隻小狼。

初時我不知道他是狼，媽媽說，狼很恐怖，狼面目猙獰，狼有血盆大口，但眼前的帥哥，既聰明體貼又溫柔細心，我們聊得很投契。

於是，我常常偷走去和他約會，每次相聚的時間很短，顯得更加珍貴。

直到有一天，牧羊犬巡視羊欄，經過我身邊時，突然吠叫起來，說我身上有一股狼味。

我嚇得瑟縮在一角，媽媽幫我辯解：「她天天待在羊欄，怎會認識狼？如果她真的遇上了狼，早就死了。」

牧羊犬半信半疑地走了，媽媽開始質問我，她知道我常常偷走，但她一直以為，我只是去閒逛。

「我認識了一個新朋友。」我描述了小狼的模樣，媽媽嚇得花容失色。

媽媽驚叫道：「那是狼，是狼！你爺爺、三叔公、二姨婆，全都是被狼咬死的，他會咬死你的。」

我忍不住幫小狼辯解：「不是他咬死爺爺、三叔公、二姨婆，他品性純良，怎會咬我？」

媽媽面色一沉，問道：「你愛上了他？」

愛？我從來沒有想過這個問題，我只是覺得，和他在一起是挺快樂的。

媽媽見我一言不發，她彷彿已經知道答案了，此後，她天天盯著我，不讓我外出。

過了幾天，我好不容易找到機會，偷偷地去找小狼。

我向小狼解釋了整件事，小狼生氣地說：「孩子有自由嘛，他們怎可以限制你的交友自由？我的父母可不會這樣。」

小狼突然提出：「不如你搬到我家，我的父母都很友善。」

一隻羊，搬到狼羣住？我呆若木雞，小狼繼續說：「我回家就告訴爸爸媽媽，放心吧。」

小狼說得輕鬆，我開始思考我應否搬到他家。

也許，一個交友自由、不論種族的地方，更加適合我？

誰知我下一次偷走，就看見滿身傷痕的小狼。

「我說帶你回家住，媽媽居然說：『好，我去買調味料』；爸爸就問，有沒有辦法可以把你的家人帶來，開一場全羊宴。」小狼雙目通紅地說：「我說你不是食物，是朋友。他們就說我瘋了，喜歡一隻羊，還把我打了一頓。」

我和小狼抱頭痛哭，難道狼和羊，不可以好好相處？

雙方家長知情後，我們的交往愈發艱難，每次見面，都要歷盡千辛萬苦，跨越重重困難。

有時候，我們準備了幾天，才能遠遠對望一眼。

真情 84

我開始長大，穿過羊欄的破洞時，愈發感到艱難，不時會刮損自己。

小狼知道這件事後，在一個月黑風高的晚上，偷偷潛來，想把破洞擴大。

誰知他被牧羊犬發現了，小狼不想引起衝突，一味逃跑，沒有反抗，結果他的尾巴被牧羊犬咬斷了。

看著草地上點點滴滴的狼血，我淚如雨下。

一隻羊，有一隻狼願意為你流血，夫復何求？

我已經認定了他，我下定決心，以死相脅，逼媽媽容許我和小狼雙宿雙棲。

媽媽語重心長地說：「你們不會幸福的，即使那隻狼不會吃掉你，但其他狼呢？你們沒法生孩子，你一定會後悔！」

我冷靜地回答：「千古艱難唯一死，如果我沒法和小狼一起，我寧願死。」

媽媽去找族中最有智慧的羊首領，不知道首領對媽媽說了什麼，媽媽同意了。

小狼也和家人翻臉，我們私奔到一個森林，過著只羨鴛鴦不羨仙的生活。

我覺得，我們的感情就像羅密歐與茱麗葉，只是我們更努力爭取，所以得到幸福的結局。

從此，我叫他「狼密歐」，他叫我「羊麗葉」，幸福快樂地生活在一起。

直到有一天，我發現狼密歐背著我，偷偷吃肉。

狼密歐解釋：「那不是羊肉。」

「但那是肉，是一條生命！你為什麼這麼凶殘？」他的嘴巴血淋淋的，像一個魔王。

狼密歐無奈地說：「狼就會吃肉。」

我覺得很可怕，很噁心，我說：「我為了你，拋棄我的種族，你可以為了我改變嗎？」

我教狼密歐吃草，最可口的嫩草，誰知道他吞下了嫩草，足足病了三天。

我無計可施，他只好繼續吃肉。

我要求他，不要在我面前吃肉、不要在附近吃肉、不准吃我認識的動物、吃完要刷牙、刷牙後要換牙刷……

但不知何故，我始終覺得，狼密歐嘴裡有一陣血腥味，也許我見過他吃肉，所以產生了心理陰影。

除了飲食、生活習慣，我漸漸發現，我們沒有共同話題。

我談羊羣生活，他既沒有興趣又沒有共鳴；他談狼羣獵食，我覺得他是變態。

從前我們滔滔不絕，到底談什麼？

我們通常是說，父母怎樣管束我們，商量怎樣逃出牢籠。

但這一刻，已經自由的我們，無話可說，相看兩厭。

有一天，我看到地上有一滴血，我馬上大罵狼密歐，說他拿肉回家。

無論他怎樣辯解，我都不願意相信，馬上收拾行李離開了。

半路上，我才想起，昨天我請新朋友松鼠回家吃飯，她不小心弄傷了自己，那滴血就是這樣來的。

我有點心虛，但我沒有回頭，因為我收拾行李時，內心覺得無比輕鬆。

我回到羊欄，媽媽完全不驚訝，而是平靜地幫我收拾行李。

我終於猜到，那天羊首領對媽媽說了什麼，不是「成全愛情」，而是說，我和狼密歐私奔後，我始終會回家。

因為故事的結局，永遠是「幸福快樂地生活在一起」，
但「在一起」後，才是人生的真正開始。

—完—

假

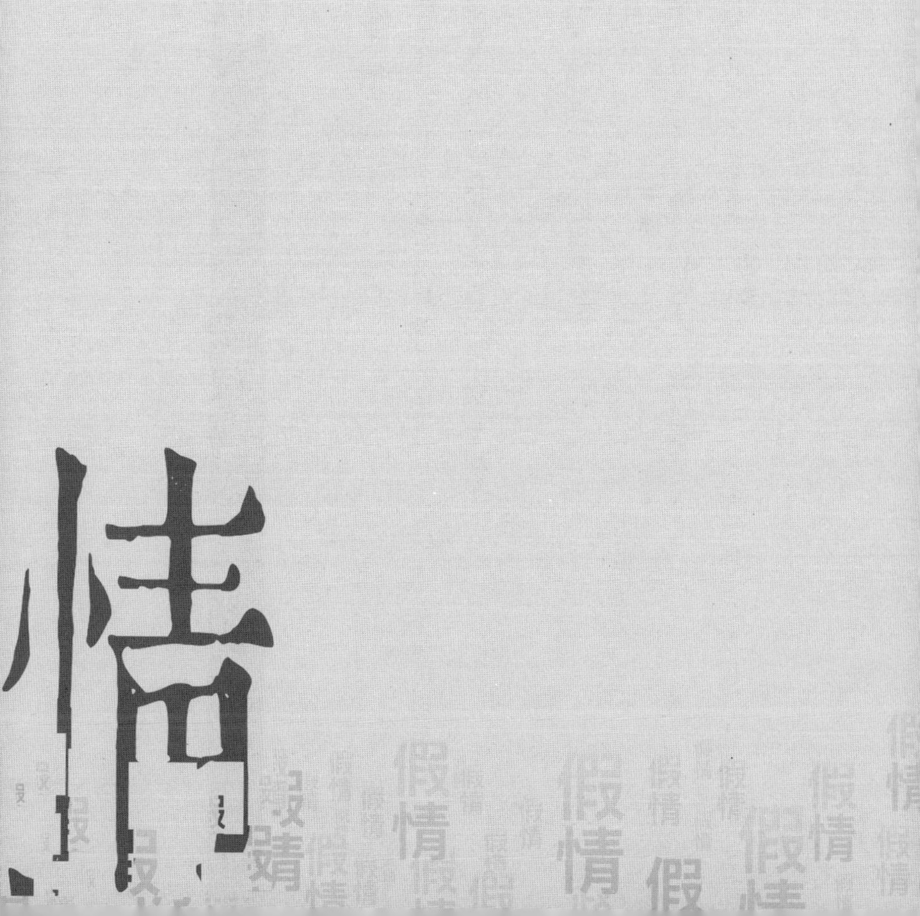
情

倒楣與幸運之間

1

只要一場意外，就可以摧毀幸福生活。

我叫小蘋，正在讀大學，雖然媽媽早逝，但爸爸是科學家，我還有一個修讀法律的男朋友。

我家境富有，長得美麗，成績不差，我真的覺得自己是人生勝利組。

然後，一場車禍，令我失去了我引以為傲的所有東西。

我毀了容，我失去了我的雙眼。

那個說過要「愛我一生一世」的男友，在我拆紗布時，尖叫著逃跑了。

我不斷地哭，爸爸緊緊抱著我，不斷罵他：「小蘋，別哭了，我幫你……幫你找人殺了他！」

我拒絕：「不，殺他有用嗎？」
「你想怎樣做？爸爸會幫你的。」
「我想他愛我！像以前一樣愛我！」
爸爸沉默，他緊緊捉著我的手，他的手很熱，我能感受到他的憤怒。
也許是我的手太冷，愈來愈冷，像我對人生一樣，漸漸失去所有希望。
爸爸說：「我會想辦法把你治好。」
「你不是研究醫學的專家，醫生都束手無策，你有什麼辦法？」我對著一片漆黑的世界，長長地嘆了一口氣。
爸爸很富有，他找來了很多皮膚科和眼科的名醫，但沒有人能幫我。
他們說，發生了這麼嚴重的車禍，我能保住性命，已經是上天保佑。
我漸漸失去了所有希望，雖然爸爸聘請了一個護士，貼身照顧我，但我從不外出。
我每天發呆，每天思考，我為什麼如此不幸。
看著我一天比一天枯萎，爸爸很心痛，找了一個心理醫生來開解我。

我不想令再爸爸擔心，我鼓起勇氣，由護士扶著我回到學校。

回到學校，所有同學都圍過來，七嘴八舌地關心我。

但他們的說話像刀子一樣，不斷地傷害我：「你毀容了，真可憐，痛不痛？」

「你看不見了？我幫你讀筆記吧。」

「你的前男友交了新女友，他是人渣。」

「喂，你們不要圍著她了，該上堂了。」一把動聽的男聲響起，把我從苦海中拯救出來。

他的聲音有點熟悉，但又不是很熟悉。

「你是誰？」

「我是阿文，你記得我嗎？」

阿文……我有點失望，他長得又醜又肥，只是為人熱心，常常做義工，從前我可不屑多看他一眼。

不過，我已經瞎了，沒道理嫌棄別人長得醜吧。

之後，我每次上學時，阿文也熱心幫助我。

我漸漸愛上了阿文，易求無價寶，難得有情郎，他在我最絕望的時候善待我，我怎可能不愛他？

但當我向他表白，他居然說：「小蘋你誤會了，我只是同情你，想幫幫你，絕對沒有非份之想。」

我用最含情脈脈的語氣，問：「如果我允許你有非份之想呢？」

「神經病！你已經毀容了，還想要男人？」

我崩潰了。

阿文是一個好人，但再善良的男人，都不會愛上一個毀容盲眼的女人。

即是說，我不會再得到真心的愛情。

朋友？表面上扮成關心體貼，背後一樣會嘲笑我。

無論心理醫生和爸爸怎樣安慰，我都不肯再出門，一直自閉。

我找不到生存的理由，我對爸爸說：「你才五十歲，你還可以再婚，再生一個孩子。」

爸爸一言不發。

不知道過了多久，爸爸建議我到家鄉暫住。

我只知道爸爸是在農村長大的，但我根本沒有去過他的家鄉。

爸爸說：「你不想再面對你的朋友，家鄉空氣清新，可能你的心情會變好。」

我爽快地答應了，不是想要改變環境，而是想離開爸爸，不再做他的包袱，讓他可以專心研究事業。

爸爸親自把我送到家鄉，一個叫林嬸的中年女人接待我。

我看不見林嬸的長相，但林嬸的聲音很溫柔，就像小時候，媽媽的聲音。

從此我就住在林嬸家中，她天天扶我外出散步。

這條村就像世外桃源，所有村民都很熱心，鼓勵我、關心我，沒有人會嘲笑我。

不過，經過阿文一事，我知道善良的人會和我交朋友，但永遠不會有人愛上我。

日子久了，我開始了解村民間的關係。

林嬸有個兩個兒子，小兒子阿德是單身，大兒子叫阿鋒，阿鋒和小雲在談戀愛，我聽說，小雲是全村最美的女孩子。

其實這件事與我無關，無論小雲是美是醜，她都比我好看。

但愛情不是理智能夠控制的，我知道我不配擁有愛情，卻不由自主地愛上了阿鋒。

我毀容盲眼，阿鋒擁有全村最美的女友，小雲也對我很好，我不該、也無法破壞他們的感情。

但當阿鋒準備與小雲訂婚，我忍不住對他訴說我的感情。

我一邊表白，一邊祝福他，我知道我與他是沒有可能的。

我完全沒有想像過，阿鋒聽到我的表白後，驚喜地說，其實他一直暗戀我。

然後他向小雲提出分手，小雲連夜趕來，說我是最堅強、最優秀的女生，她願意把阿鋒讓給我，祝福我們白頭到老。

什麼？這是什麼一回事？

全部村民都祝福我和阿鋒，小雲很快就與村長的兒子談戀愛，過得幸福快樂，令我完全沒有心理負擔。

所有的事情都很順利，我依然是瞎子，但阿鋒貼心地照顧我，令我感受到完美的愛情。

沒多久，阿鋒向我求婚，我馬上通知爸爸，爸爸會回來參加我們的婚禮。

在愛情的滋潤下，我已經沒有那麼介意毀容一事，我打電話告訴幾個好朋友，叫她們坐爸爸的順風車，一起見證我的婚禮。

奇怪的是，除了爸爸外，所有朋友都沒有出現。

大家都說，自己臨時有事，不能參加婚禮，只有我最要好的姐妹告訴我，是爸爸叫她們不要來的。

我忽然有一種詭異的想法：我覺得身邊的所有事情，似乎都不是真的。

我沒有說出我的猜測，婚禮前一天，我對阿鋒說：「我發現，我真正喜歡的，是你的弟弟阿德。」

阿鋒馬上回答：「我也覺得阿德比我更優秀，我會告訴他的！」

然後阿德出現，說他一直暗戀我。

阿鋒甘願讓愛，最離譜的是，連我的未來公婆也支持我，把新郎由阿德換成阿鋒。

爸爸也說：「無論你嫁給誰，爸爸都會支持你的！」

我問：「這些人是真的嗎？哪有父母會在婚禮前一天，同意媳婦把新郎由一個兒子，換成另一個兒子？不愛全村最美的女生，變心愛上毀容的我？我喜歡哪個男人都心想事成？會不會太離譜了？」

現場沉默了很久，終於，我聽到爸爸哽咽的聲音，他對我說「對不起」。

原來，所有村民都是爸爸設計的機械人。

我不被外界接受，爸爸就製作了很多機械人，他們有強大的人工智能，皮膚觸感和真人一樣，但外表還是機械人的模樣。

不過我的眼睛看不見，所以不會知道這些事。

爸爸向機械人下了指令，要滿足我的要求，無論我愛上誰，都能兩情相悅。

初時爸爸預備的「男友」是阿德，但我愛上了有女友的阿鋒，所以事情才會變成這樣。

隨著爸爸一聲令下，所有「村民」異口同聲地說：「啟動二號計劃。」

他們的聲音有男有女，但全都沒有一絲感情。

爸爸捉著我的手說：「對不起，我以為這樣會令你開心，我帶你回家吧。」

回家？回去城市，面對真人，真正地排斥我的人，和永遠都不會愛我的男人？

我反問：「爸爸，我快要結婚了，我怎會走？」

至於我的新郎，是阿鋒抑或阿德，已經不再重要。

不，其實我打算要兩個新郎，反正在這條村，我就是女主角。

我們都需要真實，但當真實很殘酷，虛幻卻很美好，多少人會選擇真實？

真實，是這個時代最大的奢侈品。

—完—

愛情選擇題 2

我沒有想過，結婚五年後，我還會重遇阿風。
阿風是我的前男友，也是我今生最愛的男人。
不過，他人如其名，像風一樣，難以捉摸。

我喜歡他，他也喜歡我，但他喜歡的東西太多了。
浪子，不願意為一個女人等下腳步，所以我們分手了。
分手總是在雨天，我一邊淋雨，一邊想，是不是上天為了我的悲慘而哭泣？
第二天，我依然在哭，但天已經放晴了。
我意識到，上天不會為任何人而哭，無論你失戀、失業抑或失去生命，地球依然會繼續運轉。

正如我失戀了，生活卻要繼續。

我走了一條平凡的路，認識了上進可靠的忠哥。

他長得不帥，不懂得說甜言蜜語，但他的收入很高，也願意和我結婚。

罷了，多少人可以和最愛的人白頭到老？

結婚五年，生活很平靜，直到阿風突然打電話給我。

阿風的聲音和以前一樣，輕佻而溫柔：「兜兜轉轉，我發現，我最愛的還是你。」

「我已經結婚了。」話剛出口，我的眼淚湧出眼眶。

「嗯，出來喝一杯咖啡？」

只是喝一杯咖啡，我毫不猶豫地答應了。

其實我心底清楚，所有的關係，都是由「一杯咖啡」開始的。

喝一杯咖啡，聊聊天，久別重逢來一個擁抱，情不自禁地接吻……

然後，我和阿風重新開始了。

我伸手撫摸他俊美的輪廓，說：「我告訴老公，我媽身體不舒服，我回娘家陪她。今晚我們可以一起過夜。」

阿風捉著我的手，輕輕在我的手心畫圈，溫柔地問：「嗯，那明晚呢？」

我愣住了。

「明晚、後晚、大後晚，我想和你一生一世。」阿風的眼睛像一個漩渦，把我的心吸走了。

我理解他的意思，但我真的要為阿風而拋棄忠哥嗎？

這場比拼，並不是「阿風對決忠哥」，而是「阿風對決安穩的生活」。

如果我與忠哥離婚，阿風真的會娶我嗎？

而且，阿風遊手好閒，沒有固定職業，雖然我收入不低，但我要養他一輩子嗎？

這時候，阿風步步進迫，不斷表示，他渴望和我雙宿雙棲。

這樣下去，阿風很可能會把真相告訴忠哥，到時我就太被動了。

我突然想到一個辦法，我很喜歡阿風，但他曾經拋棄我，我始終缺乏安全感。

如果阿風可以做我的情人，我又有忠哥作為依靠，豈不是兩全其美？

我對阿風說，我會每個月給他一筆錢，他要安心做我「背後的男人」。

沒錯，我打算「包二公」！

阿風喜歡自由，不喜歡工作，我以為他一定會同意。

豈料阿風斷言拒絕，他說，他喜歡我的人，不是喜歡我的錢。

我很感動，易求無價寶，難得有情郎，看起來阿風是真心愛我的。

我決定要和阿風走完人生路，我向忠哥說出真相。

忠哥深深地看著我，問：「他是不是比我優秀？」

我愧疚地說：「不，你有很多優點，只是……」只是我愛阿風，愛情，本來就是不理智的。

我以為忠哥會生氣，會打我一巴掌。

但忠哥思索了一會，便說：「最近，你對我冷淡了很多。如果你做好了抉擇，我不想和你反目成仇，我走吧。」

即使是面對我的家人，忠哥也幫我掩飾，說我們性格不合而離婚。

愧疚令我在劃分財產時，作出了很大的讓步。

離婚後，我和阿風同居，出乎意料地，阿風開始問我要錢。

阿風嬉皮笑臉地說：「寶貝，你那麼厲害，每個月賺幾萬塊，加上贍養費，不如給我一半，讓我好好照顧你。」

我當然不同意，之前我提出包養阿風，只是為勢所逼，難道離婚後，我還要養他嗎？

我拒絕了，我們冷戰了幾天。

之後，阿風動不動就提起錢，有時他沒錢吃飯，我也沒法置之不理。

我開始懷疑，他是愛我的嗎？但如果他不愛我，我提出「包二公」時，為什麼他不肯答應？

想到這裡，我突然意識到一個更嚴重的問題。

我和阿風暗渡陳倉時，阿風花錢大手大腳的，那時他怎麼賺錢？他有犯法嗎？

我在阿風凌亂的衣櫃中，翻找了一天，終於找到幾張銀行帳單。

我發現，有人曾定期匯錢給阿風，但我和忠哥離婚後，那筆收入就消失了。

我質問阿風，他一言不發；我給他五千塊，他什麼都交待了。

「我本來欠了債，忠哥給了我一筆錢，叫我令你自願離婚，他還會資助我們談戀愛。」阿風嘆道：「我已經還清了債務，但你們離婚後，我就沒有收入了，唯有問你要錢。」

我怒氣沖沖地質問忠哥：「你是不是早就出軌了，想和我離婚，才故意設計我？」

忠哥淡然地問：「重要嗎？」

我怔了怔，這當然重要……

「是你選擇和阿風在一起的，也是你選擇離開我的，沒有人逼你。」忠哥聳聳肩道：「假如你受得住誘惑，可能我會很感動，和你一生一世。」

我始終不明白：「你想離婚，不能坦誠地和我商量嗎？為什麼要找阿風？」

忠哥答：「如果沒有阿風，我提出離婚，你肯定不甘心，說不定還會一哭二鬧三上吊，造成很多麻煩。」

我很生氣，但我居然沒法反駁，可能我也有點心虛。

我只可以說：「自從你沒有付錢給阿風後，他整天問我要錢。」

忠哥冷笑道：「你養他就行了。反正這個男人，只有長相和甜言蜜語，根本是一個廢物。」

我說：「但我是女人。」

忠哥提議道：「女人不可以養男人？你選擇了一個不務正業的男人嘛。你不要跟他結婚，法律上他就沒法干涉你的財產，你每個月給他一點錢，他一定會像一條狗般百依百順。」

我問：「你怎麼知道的？」

忠哥大笑：「因為我匯錢給他時，他比狗更聽話。」

我不知道應否相信忠哥，忠哥拍拍我的肩：「放心，我不會害你的。」

「但你千方百計想拋棄我。」我有些糾結。

忠哥語重心長地說：「你是我的前妻，如果你過得不好，和我魚死網破，我難免有損失。我當然希望你幸福快樂，你珍惜現有的東西，才不會打擾我。」

我看著這個男人，為什麼我會以為他忠厚老實？

或許，我從來沒有用心了解過他；或許，我根本不懂得分辨忠奸。

我依照忠哥的說話去做，每個月給阿風一筆錢，阿風眉開眼笑，每天都用盡渾身解數哄我。

我應該開心，但我忍不住想，這算是愛情嗎？

也斗，我當天為了阿風，想辦法和忠哥離婚時，就已經不是純潔的愛情了。

一開始，大家都想要乾乾淨淨的愛情。

但當你為了愛情，用盡手段，最後得到的，只是手段換來的太平。

然後大家都忘了，什麼是愛情。

—完—

3

百份百心想事成

我曾經以為，終其一生，我都不會得到愛情。
我沒有錢，長得不帥，什麼甜言蜜語、六嚿腹肌、十項全能，通通與我無關。

大家可能會說，很多平凡的男生，都可以擁有自己的愛情。
最大的問題是，我喜歡的女生，實在太優秀了。
玲玲是我的鄰居，我自小就喜歡她，發誓長大後一定要娶她為妻。
但玲玲長得愈來愈美，很多男生追求她。

我肯定，我不是因為外表而喜歡玲玲，我自小就喜歡她，一直喜歡她……
但無論我多麼真心，都沒法改變事實：我只是無數追求者中最不起眼的一個。

我曾經鼓起勇氣，向玲玲表白，被她拒絕了，她說她對我沒有「感覺」。

唉，這是情理之內，玲玲怎會喜歡我這個一無是處的傢伙。

我沒有責怪玲玲，每個人都有選擇另一半的權利。

不過，玲玲拒絕我之後，我嘗試過與其她女生接觸。

無論對方喜歡我，抑或不喜歡我，我對她們都沒有感覺。

可能就像玲玲對我一樣，沒有感覺。

我是一個寧缺勿濫的人，既然對其她女生沒有感覺，就不會為戀愛而戀愛。

我一直單身，直到那次中學同學聚會。

玲玲不是我的中學同學，所以那晚的事與玲玲無關，只是舊同學們在炫耀他們的成就。

不是專業人士、薪金不高、連女友也沒有的我，只能瑟縮在一角，看著大家高談闊論。

忽然有人拍拍我的肩，伸出手腕問道：「阿峰，你喜歡我的手錶嗎？」

他是我的舊同學金俊才，做金融行業，最喜歡炫耀自己認識什麼大客戶、賺了多少錢、買了什麼名牌。

我看向金俊才的手腕，戴著一隻勞力士的綠水鬼，大概值十多萬元。

我用最真誠的語氣答：「很好，我也想擁有這隻手錶，你真厲害。」

但以我的財力，根本不會用半年薪水去買一隻錶。

金俊才得到我的恭維後，滿意地看向另一個同學，繼續炫耀。

這件事本來只是一個小插曲，但第二天早上，我赫然發現，那隻綠水鬼就在我的手腕上。

我難以置信地拿起手機，發現中學同學的群組裡，已經有過百條訊息。

原來，金俊才丟了手錶後，馬上報警了。

看到這裡，我很驚慌，難道我昨晚多喝了幾杯，醉酒後偷了他的手錶？

但金俊才繼續說，報警後，酒樓馬上翻查閉路電視紀錄，證實他離開酒樓時，還帶著手錶。

所以，酒樓職員和我們這些舊同學，都撇清了嫌疑。

金俊才不斷在群組裡抱怨，他儲了半年錢，才買了這隻錶，他多麼喜歡這隻錶⋯⋯
昨晚到底發生了什麼事？我沒有碰過隻綠水鬼，只說了一句「我也想擁有這隻手錶」。
難道我突然出現超能力，能夠心想事成？

我下班回家後，媽媽帶我到廚房，指著一些大閘蟹說，明天有親戚來吃飯，她買了幾隻蟹。
我試探性地說：「我想擁有這隻蟹。」
早上起床，我身上有一隻大閘蟹爬來爬去。

我發財了！我不用再上班，我可以心想事成。
我馬上辭職，用我的超能力，「想要」了一大筆錢。
我對外表示，我中了六合彩，然後我買了名車，買了豪宅。

富有的我再次向玲玲表白，我對她說，我一定可以給她幸福。
誰知玲玲認真地對我說：「阿峰，上次我拒絕你，不是因為你沒有錢。」

「你不拜金，我知道每個女生都想要安全感⋯⋯」我手足無措地說。

玲玲搖頭道：「我拒絕你，不是因為你的條件，是因為我對你沒有感覺。即使我和你在一起，大家都不會幸福的。」

我灰溜溜地回家了，說真的，我很想說：「我想擁有玲玲。」

但話到嘴邊，我卻說不出口。

玲玲不是死物，她是一個活生生的人，如果她因為我的超能力，被逼和我在一起，她怎會快樂？

變成富人後，有很多女生主動示好，但我依然對她們沒有感覺。

我心裡只有玲玲，但她不喜歡我，我沒有再騷擾她。

我以為，我這輩子都會保持單身。

直到我知道，玲玲患上了肺癌，病情不樂觀。

玲玲的媽媽哭成淚人，據說，玲玲的追求者已經全部消失了。

我去醫院探望玲玲，她躺在病床上，面色虛弱而蒼白。

我的心很痛，原來你愛一個人的時候，她的肉體有多痛苦，你只會更心痛。

於是，我對玲玲說：「我想擁有你的癌細胞。」

玲玲一頭霧水：「你在說什麼？」

我回答：「我說，我寧願我代你生病。」

「別說傻話了。」玲玲一笑置之。

玲玲很快就不藥而癒，醫生檢查後，證實她已經沒了所有原本過量的癌細胞。

相反，不適的感覺在我的身體裡蔓延。

我也不想死，我馬上去看醫生，確診肺癌。

玲玲探望我時，困惑地說：「世事怎會如此巧合？我剛剛康復，你就生病了，是一模一樣的病。」

我笑著說：「我說過，我要代你生病嘛。」

玲玲嗤之以鼻：「怎可能代人生病？」

我雖然做了英雄，但我不打算做無名英雄，我將我的超能力告訴玲玲，她當然不相信。

但當我說：「我想擁有你的項鍊」，第二天早上，我真的拿到她的項鍊後，她就不得不信了。

對於我的付出，玲玲既愧疚又感動，細心地照顧我。

更令我驚喜的是，我的病情漸漸好轉，居然康復了。

我本來打算犧牲性命去救玲玲，誰知我保住了性命，照樣救了玲玲。

經歷風風雨雨，玲玲終於被我打動，答應了我的追求，沒多久，我們就結婚了。

我抱得美人歸，加上無盡的金錢，當然十分幸福。

二十年後，我們的兒子已經是中學生。

有一天，我提早回家，我聽到玲玲拿著電話說：「我真羨慕你，你和丈夫那麼恩愛。我……我從來沒有愛過我的老公。」

那一刻，我的心一陣絞痛，把手上的東西都掉在地上了，我甚至忘了我原本拿著什麼東西。

我衝進房間，高聲質問玲玲：「你從來都沒有愛過我？」

玲玲呆住了，在我一連串的質問下，她終於說出真相。

不是什麼驚天動地的真相，只是她和當年一樣，對我沒有感覺。

哪怕我們結婚二十年，哪怕她一直做一個賢妻良母，她始終沒有愛過我。

我問：「你為什麼要和我在一起？」

玲玲反問：「你為我不顧生死，我還可以嫁給別人嗎？」

對，玲玲是一個好女人，她不喜歡虧欠別人。

但我以為，我多年來的付出和專一，能夠感動她。

沒想到，她只是同樣以對家庭的付出和專一來回報我，偏偏沒有愛上我。

玲玲哭著說：「我很努力了，但我做不到。」

我終於意識到，即使我能心想事成，我也沒法得到玲玲對我的愛。

因為，這件事本身就不存在的。

如果一個人對你沒有感覺，即使你情深似海，
即使你感動了她，即使你和她在一起，可能到最後，
她對你依然沒有感覺。

—完—

約會時中箭

4

今天，我與女友童童約會。

一個頭上插著羽毛的印第安人突然出現，在背後抽出弓箭，向我們射箭。

我當然反應不過來，千鈞一髮間，一個拿著盾牌的金髮男人出現，飛身用盾牌擋著了箭，兩個怪人開始近身搏鬥。

路人們尖叫四散，我拉著女友逃跑。

但我對別人的目光十分敏感，離開前，我感受到，那個印第安人用一種仇恨的目光，盯著我和童童。

我幾乎可以確定，他的目標對象是我們兩人之一。

遠離現場後，我不斷回想，那個印第安人到底是誰？難道我和他有仇？但如果我認識一個印第安人，我不可能忘了他吧。

這時候，童童突然開口：「那間奶茶店的奶茶特別香濃，我們買兩杯吧。」

「你說什麼？」我再次愣住了。

童童又說：「你不想喝那麼多的話，我們只買一杯，一起分享？」

我們剛剛差點中箭，好不容易才從混亂中逃出來，她居然有心情飲奶茶？

童童看到我詫異的眼神，嘆了一口氣：「唉……今天是最後一天嘛。」

我明白她的意思，說說我們的情況，我叫阿邦，和童童戀愛兩年了。

明天我就要到外國讀書，課程為時四年，那個國家與香港有時差。

童童捨不得我，但我為了前途著想，不能不走。

所以，我答應了童童，今天要專心陪她，她想去哪裡，我都會陪著她。

童童很珍惜今天的時光，所以即使受到驚嚇，她也想和我專心約會。

「我和你一起去買奶茶吧。」我將印第安人的事拋諸腦後，可能是我的錯覺，無緣無故的怎會得罪一個印第安人。

但奇怪的事陸續有來，下午我們去吃甜品。

一個小孩拿著一碗楊枝甘露走過來，對我說：「哥哥……」

我以為他是老闆的兒子，幫忙上菜，我伸手就要接過那碗楊枝甘露。

這時候，童童忽然大叫：「不！」

下一秒，小孩從碗下拿出一把極薄的刀，向我刺來。

我當然來不及作出反應，然後，另一把飛刀在遠處飛來，與小孩的薄刃相撞，兩把刀都被撞開了。

飛刀的主人，是一個打扮像黑寡婦的女人。

黑寡婦和小孩搏鬥時，童童捉著我的手，趁機逃離甜品店。

剛離開甜品店，我馬上問：「到底發生了什麼事？」

「這是我們的最後一次約會，可能上天希望，我們能留下一些深刻的回憶。」童童的眼珠四處轉動，分明在說謊。

那個小孩分明是要刺殺我，他有特工級的身手和演技，保護我的人也相當強大……

問題是，我只是一個普通家庭出身的普通男生，沒有什麼重要成就，也沒什麼血海深仇。

為什麼會有那麼多奇人異士，為了殺我或救我，生死相搏？

童童緊緊抱著我，撒嬌道：「我一會還想去看電影，你想看哪套電影？」

我一手把她推開，冷笑道：「我快要被殺死了，還要看電影嗎？」

「他們不會讓你死掉的！」童童下意識地回答。

「他們？你知道他們是什麼人？」我發現了童童話中的破綻，連珠發炮似的追問她。

童童不斷哭泣，不斷叫我別問了，平日我總會敗在她的眼淚攻勢下，但事關生死，我不會讓她蒙混過關。

結果，她終於說出真相。

原來，在「最後一天」的約會時，童童和我一起去拜神。

童童捨不得我，所以她在神像前許願，希望時間可以永遠停留在這一天。

童童說：「我許了很多願望，但不知何故，只有這個願望實現了。」

「等等，拜神？」我明明沒有和童童拜神，童童也沒有說過今天想去拜神。

童童繼續說，我們的確去拜神了，然後看了一場電影，晚上十一點時，我送她回家，結束了一天的約會。

童童在家哭了一個小時，但過了午夜十二點，她赫然發現，時間倒流回到前一晚的十二點，即是說，「最後一天」的約會還未開始。

我問：「你就像電影《偷天情緣》一樣，不斷重覆同一天？」

「對，但我和電影的主角不同，我很快樂，因為你每天都和我在一起，全心全意地陪伴我。」童童露出甜蜜的笑容。

而我，就像《偷天情緣》裡的其他市民一樣，以為這只是平凡的一天，不會有「前一天」的記憶。

我又問：「你重覆了多久？」

童童想了想，答：「幾個月吧，我每天都和你去不同的地方，雖然我們只有二十四小時，沒法去旅行，但我們一起走遍香港的大街小巷，又不用節省花費，真好。」

我問出最重要的問題：「為什麼那麼多人追殺我們？」

童童垂下頭來，尷尬地解釋，因為她的時間線不斷重覆，停留在這一天，這條時間線的故障，對其他時間線造成影響。

有些時空因為時間線的問題，好人突然消失、壞人突然復活……鬧得一塌糊塗。

所以，那些時空派出特工，想逼童童在神像前再次許願，讓時間線恢復正常。

同時，有些時空因為時間線故障而獲利，例如可以改變已經發生的災難、有好人獲得超能力……

所以，這些時空都派出特工，保護我和童童，希望可以延長時間線的故障。

童童經常看到這些衝突，已經習以為常。

童童捉著我的手，含羞答答地說：「最重要的，就是我可以和你一起。」

突然，背後傳來此起彼落的尖叫聲。

我回頭一看，原來刺客小孩已被黑寡婦殺死，滿地是血。

我難以置信地說：「你為了延長和我約會的時間，弄得世界大亂？我不打算和你分手，我只是去外國讀書。」

童童強調：「我們很久都不能見面、牽手、擁抱啊。」

我命令童童：「你現在，馬上到神像前許願，讓時間線回復正常。」

童童辯解，說時間線的故障對某些時空有利，不一定是壞事。

我斬釘截鐵地說：「你那麼自私的話，我現在就和你分手！」

童童唯有帶著我，一同去許願。

但到了廟裡，童童突然揮手示意，一件暗器從橫樑上飛下來，擊中我的頭部。

我就這樣昏過去了。

＊＊　　＊＊　　＊＊

我叫阿邦，明天我就要到外國讀書，所以，我答應了童童，今天要專心陪著她。

見面時，童童的第一句話居然是：「你的頭還痛嗎？」

「我的頭？」我一頭霧水地問：「我的頭沒事，你為什麼會這樣問？」

「哦，沒事就好了。」童童露出神秘的笑容。

然後，我和童童開開心心地約會，不知道我們今天會去什麼地方？

＊＊　＊＊　＊＊

永遠不要低估女人的執著，她們可以為了愛情，犧牲全世界。

同時，她們也可以為了愛情，犧牲你的意願。

—完—

5 媽媽換了心

我自小就痛恨我的母親，我從來不認同「天下無不是之父母」。

世上有壞人嘛，難道壞人生了孩子，就會變成好人？

我的母親不學無術、不務正業、爛賭成性、偷呃拐騙。

她在十六歲時懷孕了，會把我生出來，我認為主要原因是，她沒錢墮胎，或是沒有把這件事放在心上，肚子一天比一天大。

我出生後，她就把我這個女兒交給外婆撫養。

我十歲那年，外婆病死了，我只好回到母親的家中。

母親很少回家，她在家時，不是呼呼大睡，就是怨天尤人，大概每過三天，才會良心發現，給我煮一頓飯。

靠著鄰居和老師的接濟，我才沒有被餓死。

十六歲時，我輟學了，開始打工，因為我真的很想搬走。

但搬走後，我的噩夢卻沒有結束。

母親知道我開始工作了，每次欠了賭債，都問我要錢。

我一旦拒絕，她就到公司騷擾我，說我沒有良心、不孝不義，一哭二鬧三上吊。

有一次，我接到電話，說母親在店裡偷東西，人贓並獲。

我淡然地回答：「哦，報警吧，麻煩你們了。」

媽媽偷了一件貴重的貨物，加上店主不原諒她，這次她應該要坐牢了。

我不擔心她坐牢，我只是擔心，她的刑期不夠長。

這時候，監獄通知我，最近有一個新的「超級更生計劃」，針對不務正業的社會流氓，用各種手段，令他們重回正軌，做社會的棟樑。

只要家屬簽字同意，計劃就會開始，不過更生需時較長，可能會比刑期更長，而且更生期間，家屬不可探望。

我不奢望母親變成社會棟樑，只要她在監獄裡多待幾個月，少欠些賭債，我也滿意了。

這個更生計劃持續了兩年，我過了兩年平靜的日子。

母親出獄後，我問她有什麼打算。

母親微笑著答：「首先會找一份工作。」

我完全不相信她的說話，之前她欠下賭債，都會哭著說自己是最後一次賭博，會找一份工作，好好生活。

母親繼續說：「我會申請政府的進修基金，修讀課程、考牌照，向金融方面發展。」

我有點詫異，以前的她，怎會知道政府有什麼進修基金、有什麼課程。

但我不會輕易相信她，我嘲笑道：「信口開河，你怎可能做得到？」

後來，母親居然沒有再問我要錢，也沒有再到公司騷擾我。

她偶爾會發信息關心我，和分享她的近況，她真的考了金融牌照，投身金融界。

我實在好奇，約她外出用晚餐，多年來，我第一次主動提出要見她。

母親穿著一身整齊的西裝套裙，化了淡妝，和從前一樣的五官，感覺卻截然不同。

其實母親還未夠四十歲，從前她暴躁無賴，現在的她就像一個中環精英女性，斯文而精神。

我忍不住問：「你真的改過了？」

「幾十歲了，不可以再遊戲人間，我要對自己的人生負責任。」母親看著我，深深地說：「對我的女兒負責任。」

我曾問過監獄，到底怎樣更生，可以令一個人有這麼大的變化。

監獄冰冷地回覆：「全方位的改造。」

母親變好，不再是我的負累，當然是一件好事。

有案底的她，像火箭般升職、累積財富。

幾年後，她開了一間公司，做了老闆，成為行內出名的女強人，兼罪犯更生的代表。

她送我到外國讀書，大學畢業後，她還送了一個物業給我，說希望可以彌補小時候造成的傷害。

無論母親有多忙，她都會每天打電話，關心我的起居飲食。

短短十二年，我就由「有一個好賭的母親」，變成「母親是女強人，給我買樓買車」的富二代。

這時候，一個叫阿賓的男生找上了我。

阿賓說，他有同樣的經歷，他的父親是一個流氓，坐牢後參加了「超級更生計劃」，然後判若兩人，勤奮上進，創下一番事業。

我問：「這樣不好嗎？」

阿賓反問道：「你覺得有可能嗎？有哪種教育，可以一個人產生那麼大的改變？不但是工作，連性格都改變了。」

我沉默不語。

其實我曾偷偷思考過這個問題，很多年前，我看到母親桌上的英文文件，用字十分深奧。母親當年小學考試不合格，中學還未畢業，為什麼英文水平會突然進步？即使她痛改前非，知識卻需要累積，不可能在短時間內突飛猛進。

阿賓拿出一堆資料，他懷疑，所謂「超級更生計劃」，是一場大手術。用最新的技術，把另一個人的大腦、心臟等，換到他的父親、我的母親身上，並確保另一個人的意識，可以取代本體。

這種技術十分超前，而且價格高昂，接受手術的，都是行將就木的大富豪。

所以，我的母親彷佛變成了另一個人，其實她根本是另一個人，披著母親的外殼和身份，是科學式的「借屍還魂」。

阿賓義憤填膺地說：「我的證據不足，我希望可以與你合作，尋找更多證據，揭穿他們的陰謀！」

我說要考慮一下，然後我做了一個愚蠢的決定：我忍不住問「母親」。

「母親」沒有逃避，她問我：「作為母親，我和你之前的母親，誰對你比較好？她多活十年，只會多欠十年的賭債，為身邊的人帶來痛苦。我們選擇的都是社會的垃圾，令垃圾變成精英，不是一件好事嗎？」

答案顯而易見，但我依然不甘心：「她是我的母親！我不能讓她不明不白地消失。」

「母親」淡然地說，手術前，他們必須簽署一份協定。為了保密考慮和社會穩定，換心後，必須投入新的身份，視新的親人為親人，不能再與本身的親友聯絡。

「母親」看著我，認真地說：「所以，你就是我的女兒，唯一的女兒。我死後，所有的財富都屬於你。」

我沉默了。

仔細想想，即使揭穿了件事，真正的母親也未必可以回來。

即使她可以回來……難道我真的希望她回來，我繼續幫她還賭債嗎？

於是，我拒絕了阿賓。

後來，「母親」讓我加入她的公司，薪高糧準，受人尊重，我很滿意這份工作。

但五年後，公司的帳目出了問題，不知道為什麼，最後責任落在我的身上，我因經濟犯罪而被判監。

入獄後，「母親」簽名同意，讓我參加「超級更生計劃」。

我慌張、我抗拒、我掙扎，但我依然被五花大綁，送到一間醫院。

進入手術室前，「母親」來了。

「母親」說：「對不起，我的女兒患了嚴重的肺病，她快要死了，我必須幫她換一個身體。我希望她繼續做我的女兒。」

我大叫道：「你不是說，我就是你的女兒，是你唯一的女兒嗎？」

「母親」摸摸我的頭：「乖乖睡一覺，睡醒後，你依然是我唯一的女兒。」

唯一的女兒，同樣的身份、外貌，只是換了一個靈魂。

我很後悔，當天貪圖富貴，沒有和阿賓合作，繼續信任「母親」。

這些有財有勢的人，為了達成自己的私慾，不擇手段。

正當我哭得不能自已，另一個人被五花大綁，推入病房。

我仔細一看，那是阿賓。

「『爸爸』發現我在調查這件事，就捏造了一個罪名，把我送入監獄，參與『超級更生計劃』。」阿賓嘆了一口氣，然後問：「你呢？你不是乖乖聽『母親』的話嗎？為什麼也會在這裡？」

那一刻，即將靈魂死亡的我，忽然平靜下來。

面對不幸，我們總會後悔，後悔某個決定做錯了，導致不幸的命運。

但最後你會發現，不幸多數源於你很倒楣，無論你做什麼決定，殊途同歸，結果都是一樣糟糕。

所以，你不需要後悔的。

—完—

6

狐妖愛道士

我是一隻狐妖，一隻沒有人生目標的狐妖。

一隻妖精應該有什麼人生目標？大部份人都會答，應該修煉，直至修成正果。

但為什麼妖精要修成正果？修成正果後，是不是一定比修成正果前更快樂？

沒有人知道答案，就像人類一樣，人人都說要結婚生子，但很少人能夠解釋，為什麼要這樣做。

找到人生目標前，我一直麻木地修煉。

直至我遇上小道士，遇上我的愛情。

修成正果的必要階段，是學懂「做人」，只有外表變成人類是不足夠的，我們要了解人類的生活和感情。

直到有一天，我可以混入人間，生活五十年，沒有人懷疑我是妖精，這個階段才真正完成。

我聽說人類的雌性多數懂得煮飯，那天我買了一個鍋，在森林裡學習煮飯。

點燃柴火，加一些肉一些鹽一些糖，再加一些柴，然後……「轟」的一聲，一團火光從鍋裡冒出來，我的尾巴起火了。

我痛得面容扭曲，這時候，一盆水淋下來，火終於熄滅了。

我抬頭一看，一個十多歲的小道士，拿著一盆水。

「你救了我，我要嫁給你！」我曾看過人類的話本，救命之恩，就要以身相許。

小道士大吃一驚：「嘩，你懂得說話，難道你就是師父所說的『妖精』？」

我答：「我是妖精，我叫小狐，你要殺我嗎？」

小道士撓撓頭說：「你只是不通廚藝，罪不致死吧。」

「我很喜歡你，我要嫁給你！」

小道士不明白：「你為什麼喜歡我？」

「因為……你不嫌棄我不懂得煮飯。」

小道士又撓撓頭：「你太隨便了，哪會因為這些小事喜歡別人的，我要走了。」

我看了很多轟轟烈烈的愛情小說，我以為，愛情要有恢弘的理由，要癌症、撞車、失憶，是失散多年的親兄妹，要誤會、波折、流產……

但原來，愛情不需要恢宏的原因，愛情是一陣微風吹過海浪，心起波瀾。

我就這樣愛上了小道士。

他回到道觀，偷偷觀察他的生活。

我知道他道號「宏法」，今年十五歲，師父為他改這個道號，是希望他宏揚道法，光大這間道觀。

恕我直言，我覺得師父的願望應該很難達成，因為這位師父的法力低微，一直都沒有發現，有一隻狐妖跟蹤他的弟子，和暗戀他的弟子。

不過他的師父髮鬚俱白，看起來很可靠，所以村民很信任他，有什麼身體不適、疑神疑鬼，都會找他幫忙，道觀的生意還算不錯。

幾年後，師父死了，宏法的日子愈來愈難過。

道觀門可羅雀，這麼多年來，宏法除了學習道術外，根本沒有其他知識，他只能上山採集野菜維生。

有一次，幾個大嬸路過道觀，七嘴八舌地說：「現在只餘下一個小道士，他有什麼用？」

「對，這家道觀撐不下去了。」

宏法剛好經過，面色陰沉。

我怒不可遏，化成一道虛影，撞向幾個大嬸。

宏法下意識擲出一張火符，嚷道：「何方妖孽？太上老君，急急如律令！」

那張火符完全沒有殺傷力，暖洋洋的，但我順勢叼著火符，遠遠滾開，還配上一聲慘叫。

幾個大嬸驚魂甫定，對宏法千恩萬謝。

後來，大嬸到處傳揚，說宏法有真材實料，村民半信半疑，紛紛來找宏法幫忙。

我終於明白，我應該怎樣幫助宏法。

此後，我用法術裝神弄鬼，騷擾村民，直至他們請宏法來作法，我才住手。

過了一段時間，宏法就變成了遠近馳名的「大師」。

道觀車水馬龍，宏法也很高興。

直到有一次，宏法受到鄰鎮的邀請，要去斬殺一隻無惡不作的熊妖。

他躊躇滿志地出發，我阻止他：「別去！你打不過熊妖的。」

「小狐？」宏法說：「我近來道法有所精進，屢次為村民捉鬼驅邪，從未受傷。」

我怕宏法送死，唯有說出真相：「你當然不會受傷，是我扮成那些妖魔鬼怪嘛。」

我展示了幾個法術，全都是他「捉鬼驅邪」時看到的異象。

宏法的失望溢於言表：「所以，我完全沒有法力？」

「不是完全沒有的，也有一點點……」我不忍心打擊他的信心。

「但我答應了道長協會，如果我失約，道觀的名聲會毀於一旦。」宏法不知所措。

我不想小道士失望，只能陪他一起去。

我暗中保護宏法，幫他打敗了熊妖，令他聲名大振。

他很高興，抱了我一下，我也很高興。

為了愛情，我跟著宏法斬妖除魔，有時兼職扮成妖魔。

宏法名利雙收，但他的要求愈來愈多。

他不再理會村民，而是專門選擇富商巨賈，叫我裝神弄鬼，他再去捉鬼，收取鉅額酬金。

有一次，皇上出了皇榜，說他最疼愛的公主昏迷不醒，征求天下名醫。

宏法揭下了皇榜：「我們去救公主！」

「我只是一隻狐妖，我不懂得醫術。」我怎能救公主？

宏法解釋：「我記得狐妖有一種秘術，可以附身到剛死的人身上，代替那個人生存十年。」

我難以置信地說：「你想殺了公主，讓我附身到公主身上？」

139

宏法哀求道：「如果我得到皇上的支持，道觀會聲名大振，我就可以完成師父的遺願。」

我嚇得後退兩步，宏法居然說：「你不是一直想嫁給我嗎？我救了公主後，會求皇上讓我做駙馬，你就可以嫁給我了。」

「我只可以附身十年，十年後怎麼辦？」

宏法答得理所當然：「十年後我已經站穩陣腳了。」

我忽然意識到，他從來都不愛我。

為了成功，他可以把所有東西當做籌碼。

為什麼我當初會愛上宏法？因為他隨手救了我的尾巴，因為他不嫌棄我不通廚藝。

但我從來不了解，他是怎麼樣的人。

愛情的確不需要恢弘的理由，愛情可以是一瞬間的閃電。

但不要因為一瞬間的閃電，就不管這個人到底是不是人渣。

—完—

感情問題解決中心

7

下個月，我會和女友阿靜結婚．但我不想娶她。

我對她完全沒有感覺，不過她是我媽的好友的女兒，向來乖巧文靜，每次我想分手，媽媽就說：「再看看吧，阿靜是個好女孩。」

看著看著，就過了十年，媽媽幫我算了吉日、訂了酒席、印了喜帖。

這次，我一定要反抗，但媽媽含辛茹苦地養大我，我不想破壞我們的母子關係。

我不斷搜索「如何和女友分手而不得罪媽媽」，都沒有結果。

直到有一天，屏幕上彈出一個廣告：「感情問題解決中心」。

我致電詢問，對方開了一個價錢，說保證能令媽媽同意我與阿靜分手，彷彿有什麼神奇力量。

雖然我不太相信，但事已至此，只能死馬當作活馬醫。

我付款後，馬上對媽媽說：「我想和阿靜分手。」

「你瘋了？阿靜是個好女孩，你賺了……」媽媽說了半天，用一句話總結：「婚禮有少許細節還未決定好，你明天下班後，到我家吃飯吧。」

理智告訴我，我被騙了。

但我心底還有一絲希望，可能他們的魔法還未生效嘛。

第二天，我到了媽媽的家，正打算推開大閘，忽然眼前一黑，全身都濕透了。

然後我聞到一陣惡臭，居然是一盆糞水！

街上所有人都看向我，我急忙上樓，到媽媽家裡洗澡。

見我一身狼狽，我剛剛洗完澡，媽媽就問：「你不想和阿靜結婚，對嗎？」

咦，難道臭味就是令她想通的魔法？

「我今天在街上遇上一個風水師，大師說你和阿靜八字相克，如果結婚，我們全家都會事事不順……」媽媽憂心忡忡地說：「我本來不相信這回事，誰知道你馬上就出事了。」

我心中興奮不已，原來那個中心是用風水迷信勸服老人，真是不錯的想法。

無論媽媽多麼喜歡阿靜，都不會以兒子的安危為代價嘛。

但媽媽繼續說：「可能只是巧合，最近天台有很多頑童高空擲物。我們已經派了喜帖，難道因為一點小事，就取消婚禮嗎？」

第一回合宣告失敗，不過總算是一個好的開始。

事後我致電中心，報告情況，也忍不住投訴道：「為什麼要潑糞水？」

職員語重心長地說：「吃得屎中屎，方為人上人。為了終身幸福，臭一點又有什麼要緊的。」

我唯有警告他：「不准再潑糞水。」職員一口答應。

此後，媽媽整天跟我抱怨，說她諸事不順，買水果都是爛的。

我不相信中心連水果都能控制，不過，當一個人自覺倒楣，遇上什麼不幸時，都會先入為主。

我也很配合，整天跟媽媽抱怨，說同事欺凌我、老闆刻薄我，廁所沒有水……

果然，媽媽對阿靜愈發冷淡，如果是一般情況，我相信我們很快就會成功分手。但喜帖已經派光了，媽媽為了面子，始終不願意取消婚事。

婚期愈來愈接近，我唯有催促中心，讓他們加快手腳。

然後，我就遇上了車禍。

媽媽來醫院探望我時，愧疚地哭了半天：「如果不是我太愛面子，你就不會出意外，阿靜那個賤人是剋夫……」

媽媽很快就取消了婚禮，答應以後不再干涉我的感情。

但是，我的雙腿毫無知覺，「感情問題解決中心」太狠了，解決感情問題的同時，也解決了我的人生。

雖然媽媽對阿靜惡言相向，但阿靜依然風雨不改，每天帶著老火湯來探望我，陪我做物理治療。

我初時對她冷言冷語，但日子久了，我也被她感動了。

患難見真情，除了阿靜，還會有哪個女人對我這麼好？我還能娶別人嗎？

我康復後，真心決定和阿靜結婚，媽媽大力反對，世事令人無奈。

放心，我不會這麼蠢，不會再光顧「感情問題解決中心」。

我要做真男人，堅持自己的決定，我要娶阿靜！

婚後，她們經常有婆媳矛盾，我夾在她們之間，苦不堪言。

直到有一天，阿靜把電話遺留在家裡，我隨手拿起來，卻看到一個訊息：「小姐，你四個月前在本公司購買的服務，已經完滿結束。我們正在進行顧客調查，請問截止目前為止，你滿不滿意……」

阿靜購買了什麼服務？對方的電話號碼很熟眼……是「感情問題解決中心」！

我馬上查看訊息記錄，幸好阿靜習慣用訊息溝通。

阿靜說：「男友對我很冷淡，我知道他不喜歡我，但我對他是真心的。有沒有辦法令他發現我的好，重新愛上我？」

中心回答：「針對這種情況，我們推薦『患難見真情計劃』……」

我很生氣，我發生車禍，原來是因為阿靜？

我質問中心，職員冷靜地回答：「先生，根據記錄，你的要求是『母親不再逼你和阿靜在一起』，車禍後，令堂也同意取消婚禮，我們完全滿足了你的需求。」

「阿靜呢？你們用一場車禍，滿足了她的要求？」

「那位小姐是另一位顧客，兩位的愛情需求都得到滿足了。」職員有些疑惑：「先生想投訴什麼？不是皆大歡喜嗎？」

皆大歡喜？這是「一箭雙鵰」，我就是那隻可憐的小鵰。

我怒吼：「我不管，我要和那個陰險的女人離婚。」

「哦，新的感情問題？我們推薦另一個計劃……」

這個故事教訓我們，感情不可以用錢控制的，特別是當你沒有錢，買服務也要團購……

—完—

8 全家都是機械人

我是一個平凡的男人，薪金不高，為首期而煩惱，夢想是中六合彩頭獎。

我的女友不是大美女，但我們有感情，雖然偶爾爭執，但我們準備結婚了，吵吵鬧鬧地過一輩子吧。

不過，有時我會幻想，如果某個美女明星是我的女友，真是艷福無邊。想想而已，不算過份吧？每個男人都有一些不可告人的幻想。

直到有一晚，女友珠珠和我吵架，我忘記爭執的原因了，我們剛剛外出放狗，一起站在門口的走廊處。

珠珠發脾氣時，會亂擲東西，曾經擲壞了幾部手機。

那一刻，她抱著我的狗，用力一擲，那隻狗就呈拋物線地飛起，墜樓。

筆墨無法形容我的心情，我用最快的速度，從樓梯衝下去，珠珠跟在後面。

但一切都太遲了，樓下只有一片血肉模糊，行人遠遠圍觀，指指點點。

我盯著珠珠，我的眼睛彷彿有火焰，灼熱得可以把她燒死。

我從來沒有這麼生氣，珠珠嚇得渾身顫抖：「我……我幫你修理牠，冷靜一點。」

修理？你以為牠是電子狗嗎？

豈料珠珠撿起狗的屍體，不知從哪裡拿出兩顆螺絲，一手按下去。

那隻狗活生生地跳起，跑向我吠了兩聲。

牠死而復生，我應該高興才對，但我養了十年的愛犬，居然是一隻電子狗？

我每晚帶牠外出大小二便，但牠是一隻電子狗？

最大的問題是，珠珠知道牠是一隻電子狗，而且她懂得修理電子狗，卻從來都不告訴我？

很快，我發現上述的問題，都不成問題。

因為更大的問題是，圍觀的途人一點也不驚訝，彷彿有隻電子狗跳樓，電子狗栩栩如生，是一件尋常不過的事。

珠珠看出我的疑惑，抱歉地鞠個躬：「主人，由於我暴露了祕密，遊戲由『生活模式』轉為『真相模式』。」

「什麼遊戲？」

「您是廿五世紀的人，這是『人生遊戲』，為每個玩家專門設計一個世界，給您體驗廿一世紀的生活。為了提升遊戲體驗，進入遊戲時，會暫時消除玩家的記憶。」

嘩，珠珠說得真誇張，她想求婚嗎？

「每個人物都有性格設定，例如我是野蠻女友。但如果您發現我們是機械人，所有的性格設定都會消失，您可以主宰任何人和動物。」

「你的意思是，你會聽我的話？」珠珠想玩女僕模式？

珠珠微笑道：「所有人都會聽從主人的命令。」

我指著途人：「好，我要他們脫光衣服……」

所有人都開始脫衣服，十秒後，街上全都是赤裸的男女。

我不能接受這種荒謬的場景，我馬上回家找媽媽，她一定不會作弄我。

我開門，說：「媽，唱首歌來聽聽。」

媽媽放聲高歌：「一起森巴舞，撥走不滿，發洩發洩你苦悶……」

我渾身顫抖：「行了，停下來。」

「主人，您滿意嗎？」媽媽微笑問道。

珠珠見狀，伸手拆開我媽的後腦，露出一堆機械零件：「主人，您現在相信了吧？」

我哭笑不得：「我明白，我的家人都是機械人，包括那隻狗。」

「不單是家人，是這個世界所有人和動物。」珠珠指著一隻路過的蟑螂：「包括牠。」

然後那隻蟑螂開始唱歌：「主人，一起森巴舞，撥走不滿！」

我忍不住問道：「那我剛剛看到的狗血、平日的昆蟲屍體……」

「那些都屬於『生活模式』的遊戲設定，進入『真相模式』後，一切就完全由您指揮。」

我花了幾天時間，實驗了無數次，才勉強接受，我是這個世界的主人。

我當然不用再上班，因為我一聲令下，老闆就會拿出鈔票。

但我不需要錢，因為所有東西都是免費的。

我可以吃最貴的美食、駕駛最豪華的跑車，甚至不用買房子，我只需要走進豪宅，叫本來的住客離開，也可以天天換豪宅。

我的人生，就像開了外掛一樣。

路過看到美女，就叫她把衣服脫光，但我已經很少這樣做了。

因為頭幾天，我召來了全城的美女明星，陪我酒池肉林，我很快就覺得沉悶。

當你看到一個半遮半掩的美女，你會產生幻想，但如果一百個美女赤裸裸地站在你面前，就沒有神秘感可言。

我感覺像是用外掛玩遊戲，輕而易舉地得到所有裝備和寶物，

但很快，失去挑戰性遊戲不再有趣。

結果，我找來了珠珠，叫她幫我轉成「生活模式」。

我寧願為首期而煩惱，幻想女明星的身材，總好過人生沒有追求。

「您需要保留『真相模式』的記憶嗎？那你隨時可以轉成『真相模式』。」

「不保留。」如果有了這段記憶，我在生活上遇上困難時，一定忍不住重開外掛，覺得平時的努力沒有意義。

珠珠點頭道：「明白，現在幫主人清除記憶。」

醒過來後，珠珠會變成野蠻女友，我會繼續為錢而煩惱。

可能，人生的美好，就是在於缺陷。

—完—

9

亡父來信

爸爸去年逝世，媽媽大受打擊，終日鬱鬱寡歡。

但近來她很高興，偶爾還現出戀愛的甜蜜笑容，難道媽媽談了一場黃昏戀？

唉，媽媽七十歲了，如果她看上了下象棋的老伯，我也不會阻止她。

直到有一天，我打開信箱，看到手寫信，收件人是媽媽。

時至今日，誰會寄手寫信？難道是媽媽的情夫？

我打開了信件，上款是「親愛的寶寶」，咦，這是爸爸對媽媽的暱稱。

而信中的內容……居然是寫爸爸在國外的見聞，下款也是爸爸的名字。

爸爸退休前常常出差，周遊列國，常常寄信回家。

但爸爸已經死了，這封信連郵戳都在香港，分明是騙局。

我質問媽媽，媽媽支支吾吾，她搶過那封信，喃喃自語道：「是他寄給我的……」

我得不到答案，就默默觀察媽媽，我發現她偷偷寫信，我抄下信封上的地址。

咦，地址是香港的唐樓？即是說，媽媽也知道那人不是「身在國外的爸爸」，為什麼還會被騙？

難道爸爸復活了，復活後卻不願意回家？

唉，真荒謬，我決定上門看看，何方神聖竟敢假扮爸爸。

找騙子對質，最容易被殺人滅口。

所以，我帶著我的兄弟蠻牛，蠻牛四肢發達，頭腦……基本上沒有頭腦，你說了十句話，他才勉強理解了第一句。

我對蠻牛的指令十分直接：「上門捉騙子！」

兩個人氣勢十足地衝上唐樓，一個睡眼惺忪的宅男開門，蠻牛一手把他推入屋內，順手鎖門。

宅男嚇了一大跳：「打劫？」

我走近兩步，問道：「你是不是在騙我媽，趙小雲？」

「誰是趙小雲？」

宅男還在裝瘋賣傻，我逼問道：「寶寶！你剛剛寄信給她。」

「原來是寶寶。」宅男的表情十分誠懇：「先生，你誤會了，我是一個出租老公。」

出租老公？我打量了他幾眼，以他的尊容，還能出租？

「我媽沒有那麼饑不擇食！」即使媽媽年屆七十，我依然相信她的品味。

宅男搖搖頭：「先生，你聽我說，我是中文系畢業生，畢業後找不到工作。女人的平均壽命比男人長，婆婆失去了另一半，十分淒涼。我就扮成她們的丈夫，書信來往，令她們覺得丈夫還活著，只是去了另一個地方，她們的心情會好很多。」

即是說，這個宅男不是騙子……也算是騙子的一種，卻是一個助人為樂的騙子？

宅男連忙拿出銀行帳單：「你看看你媽的轉帳記錄。」

我瞧了兩眼，每個月才幾百元，金額不大，當作是助養非洲……香港宅男，也沒什麼要緊的吧？

我應該放過他？我說：「給我看看其他人的信件，我才能確定你是好人。」

宅男遲疑道：「那是個人私隱，似乎不應該……」

對，我不該偷看。

我猶豫之際，蠻牛突然衝前，迎面擊倒宅男，他的眼鏡飛出來，連同鼻血，形成一條美麗的拋物線。

蠻牛大喝一聲：「你這個騙子，你還想騙人？」

唉，我們說這麼久，蠻牛完全不明白，思想還停留在「上門捉騙子」上。

這個宅男真可憐，我正打算把他扶起，他突然跪下來，大哭道：「對不起，我不敢欺騙你們了，我錯了，你們怎麼發現的？」

咦，他以為蠻牛發現他在說謊，才狠狠地打他？一拳打出隱藏真相？

人們說：「暴力沒法解決問題」，原來只是不夠暴力。

我高深莫測地說：「你的計劃我都知道了，現在你要在鏡頭前重覆說一次，如果有一句假話，你知道後果的。」

宅男看了看鐵塔般強壯的蠻牛，開口道：「我初時一心一意，想做一個出租老公。但我發現，有些婆婆會沉迷這場角色扮演，真的把我當成丈夫。這時候，我會寫信說『丈夫』遇上了困難，叫她們轉帳。」

我很生氣：「你欺騙婆婆養老的錢？」

「我不騙，她們的子孫也會騙……」

「你還敢狡辯？」

宅男嚇得渾身顫抖：「我不敢了，我不會再寫信，我會腳踏實地……去申請綜緩，求求你不要報警。」

以後不再寫信？我看了看剛剛拍攝的影片，心生一計：「你繼續寫信，但不准騙我媽的錢。」

宅男點點頭。

「而且我媽終身免費，如果她問起原因，你就說，你被她的真情感動。」

宅男用力點頭。

「即使你找到工作，不幹這個行業了，都要繼續寫信給我媽，直到她百年歸老。」

我掌握著他的罪證，這麼簡單的事，他怎會不答應？

過幾天，媽媽又收到「爸爸」的信，那封信比以往更長，足足幾千字，整張紙都是愛意。

媽媽笑得甜蜜，一邊讀信，臉上的皺紋像要開出花來。

那一刻，我知道我的決定是對的，如果說謊可以令她高興，為什麼我要阻止她？

女人一生，不過是找一個可以騙你一輩子的男人。

—完—

10

因為前女友，我變成超級電腦

人總是渴望得到自己沒有的東西。

我渴望的，是感情。

我叫阿漢，是一個孤兒。

我自小在孤兒院長大，後來考入大學，成績不差。

但是，每次同學說要回家吃飯、投訴媽媽很囉嗦時，我心底都有著難以壓抑的羨慕。

我有朋友，有關心我的老師，但他們不是我的親人。

直到我遇上曼曼，她的雙眼像藏著了星星，她看著我的時候，雙眼會閃閃發光。

她說，她要和我談戀愛。

「曼曼，我什麼也沒有。」我手足無措，別說富二代，即使是一般中產家庭，必要時也可以拿出幾十萬元，資助兒子結婚。

曼曼捉著我的手，眼神堅定地說：「我什麼都不要，我只要你。」

在灼熱的愛情下，所有問題彷彿迎刃而解。

「我畢業後，薪金不高，沒有辦法給你鮑參翅肚。」「沒有鮑魚飯，那我們一起吃燒味飯。」

「我三十歲前沒法賺夠首期。」「沒法買房子，那就租房子嘛。」

就這樣，我和曼曼在一起了。

我們打打鬧鬧，無憂無慮，幾乎每天都一起。

我們去了每一個地方，不收門票的景點，都有我們的足跡。

我以為，曼曼就是我的親人，我們會一起建立家庭，過著平凡而幸福的生活。

但大學畢業後，曼曼變了。

也許是因為，女同事們都有富有的男友，每個星期都可以在五星級酒店打卡。

也許是因為，老闆的兒子向她示好，令她以為自己有機會嫁入豪門。

也許……她就是變了。

曼曼開始要求我買昂貴的禮物，要求到高級餐廳打卡。

我沒法滿足她的要求，曼曼叫我努力上進，為我們的將來而努力，我也努力加班，努力進修。

但一個月入一萬五千元的程序員，即使努力拚命，能賺到多少錢？

二萬元？二萬五千元？加薪再快，也不足以滿足曼曼的物欲。

然後，曼曼向我提出分手。

那個雙眼曾經閃閃發光的女生，這一刻，她眼神輕蔑地看著我：「我值得擁有更好的男友。」

曼曼不明白，這不是一場普通的分手，她是我唯一的親人，她是我全心全意的信仰。

這一切，瞬間崩塌。

也許她什麼都明白，但她已經不在乎了。

我努力忘記曼曼，但我每分每秒都會想起她，陽光月亮雨水都是她的化身。

既然無法忘記，熾熱的愛只可以變成仇恨，我想令曼曼後悔。

我想住在豪宅裡，駕駛著跑車，成為曼曼眼中高貴的金龜婿，她會跪在我面前，承認當天提出分手，是多麼的不智。

直到有一天，老闆問我：「最近你常常加班，急著要錢嗎？」

我說出我的遭遇，老闆嘆道：「但你無論怎樣加班，都不會達成目的。」

我沉默，現實不是小說，不是發奮就會變成超人。

我怎樣努力，始終是一個月薪不足兩萬元的程序員。

哪怕我的月薪升為四、五萬元，也不足以令曼曼悔不當初，痛哭流涕。

老闆故作神秘地說：「我有一個發財的機會，但需要犧牲。」

老闆說，他是一個神秘科技組織的成員，組織研發了一個新技術，可以把人體和超級電腦結合，成為人型超級電腦。

超級電腦可以作出很多精密計算，但始終是電腦，沒有人類的人性化。

如果可以結合兩者的優點，無論科技研發抑或買股票，都無往而不利。

我難以置信地說：「我是一個程序員，但我不打算做……電腦，會有什麼副作用的？」

「如果只有優點，就不會找你了。」老闆坦白地說：「人體結合電腦後，會漸漸喪失一部份人類的欲望和感情。」

「只是這樣？」我冷笑一聲。

我無父無母，曼曼離我而去，感情帶給我的只有痛苦和寂寞。

我唯一的欲望，就是報復曼曼。

我萬念俱灰，也沒有什麼值得被騙的。

我跟隨老闆的指示，去組織裡接受一連串的手術。

其實我不知道他們做了什麼，總之，我醒過來時，整個世界都不一樣了。

老闆站在跟前，我看向他的衣服，腦子馬上分析，這是君皇仕的純羊西裝，價值六千七百元。

西裝上有他的秘書的指紋，主要集中在腰部和肩頸位置，應該是擁抱造成的。

得出最大可能性的結果：老闆與秘書有私情。

和電腦結合的感覺非常完美，彷彿一切都在我掌握中。

老闆把我帶到組織的總部，有人幫我安排工作，通過分析，作出兼有數據和人性化的決定。

我的薪金很高，而且我還可以投資股票，增大我的資產。

我很快就賺了一大筆錢，但我不快樂。

更準確地說，我沒法感受快樂。

住豪宅、坐跑車、被人羨慕，我卻沒有半點感覺，連美食都覺得不太可口。

我連味覺也也漸漸喪失，逐漸變成一個擁有人類外殼的電腦。

唯一可以令我高興的，就是報復曼曼。

擁有了龐大的資源，我不滿足於純粹炫耀我的財富，令曼曼後悔。

我要令她的心靈受盡折磨，我要令她的下半生不得安寧。

通過資料庫的比對，我知道了曼曼的行蹤。

從搜索記錄、聊天記錄、手機定位到信用卡消費，電腦才是全世界最了解你的。

我知道曼曼在和一個富二代談戀愛。

論條件，曼曼遠遠配不上那個富二代，只是他喜歡看球賽，曼曼又是少數喜歡看球賽的女生，兩人志趣相投。

如果有另一個志趣相投，而且比曼曼更優秀的女生出現，事情會怎樣發展？

在我的設計下，一個喜歡看球賽、美麗又單純的女生，成為富二代的助理。

她得到這份工作是必然的，因為所有比她更優秀的求職者，把履歷電郵到公司時，都被我攔截了。

他們在手機上看到的帖子、廣告，都經過我的精心挑選，兩個人愈來愈親近。

同時，我設計了幾個條件不錯的追求者，令曼曼以為自己很受歡迎。
感情可以很脆弱，特別是只論條件的所謂「愛情」。
於是，在某一次爭執中，曼曼與富二代分手了。
曼曼怎會預料到，分手後，所有追求者都遇上更優秀的對象。

之後，她的每一次希望都變成失望。
我和超級電腦的融合度愈來愈高，我設置了一個程式，令曼曼在愛情的痛苦中輪迴，每一次她以為找到了金龜婿，都只會令她受到傷害。
我漸漸忘記了這件事。

直到有一天，曼曼出現在我面前。
我翻查資料庫，才發現她已經三十歲了，她曾經說過，希望在三十歲前結婚。
曼曼當然不知我已經是半部超級電腦，她只知道我發財了，她還是單身。
她說，她遇過很多男人，但發現真心的只有我一個。

她聲淚俱下地回憶我們的過往，目的只有一個：復合。

經過計算，要對曼曼造成最大的傷害，最好的方法是和她復合，再狠狠地傷害她。

但這一刻，我看著她扭曲的神情，我沒有任何報仇的快感。

無愛無恨。

我忽然意識到，我已經忘記了曼曼。

忘記一個人，不是你忘記了她的存在，忘記了她的名字。

而是她站在你面前，你清楚記得你們的所有過往，就像一部電腦面對一個人，電腦什麼都知道，但沒有任何情緒波動。

既然我已經不再痛恨曼曼，是不是應該取消「令曼曼在愛情的痛苦中輪迴」的程式？

但既然我不喜歡曼曼，為什麼我要取消這個程式？

我在這兩個問題中循環，得不到答案。

一直以來，我也不知道變成超級電腦後，我失去了什麼。
原來，當我擁有無數個答案後，我就失去了答案。

—完—

11 英雄與美人

—宗—

二十歲那年，我遇上生命中最完美的愛情。

那時我剛剛畢業，長得漂亮，卻沒有人生目標，偶爾打工賺一點錢。

有一次，我去做拳擊比賽的啦啦隊，有一個叫阿邦的拳手特別厲害，據說他已經連勝了很多場，很有希望成為拳王。

我多看了他幾眼，他的身形健碩，看起來很迷人，也許女人總愛崇拜英雄，我也忍不住為他歡呼。

我以為，阿邦是賽場上的英雄，我們的接觸只限於一剎那的歡呼。

但我上廁所時，意外看到阿邦坐在角落，拿著一支藥油，分明想為自己上藥，手卻不夠長。

威風凜凜的英雄，忽然間變得笨拙，我忍不住笑了，衝口而出地說：「我來幫你吧。」

「不太好吧。」阿邦呆一呆，滿面通紅地說：「我不是說你不好，我……」

「你不是未來拳王嗎？怎麼一個人在這裡？」我們聊了幾句。

晚上我下班時，被一群醉酒的流氓騷擾，慌亂之際，阿邦從天而降。

流氓自忖人多勢眾，伸手想推開阿邦：「別礙事！」

結果可想而知，我還未看清阿邦的動作，幾個流氓已經被打敗，一哄而散。

我忍不住誇他：「嘩，你真厲害，果然是拳王！」

阿邦略為尷尬地說：「不，他們沒有練武，我勝之不武……」

沒多久，我就成為了他的女友，跟著他參加比賽，看著他像雄獅一樣擊倒對手。

強壯勇敢、年輕有為、有正義感又有義氣，這個極品男人是屬於我的！

最難得的，阿邦為人純樸，沒有任何壞習慣。

他帶我去拳館，他和六個師兄弟都是孤兒，自幼被師父收養，一起練武，阿邦武功最高。

六個滿臉陽光的男孩，一起叫我「阿嫂」，嘻嘻，真的充份滿足了我的虛榮心。

然後，阿邦成為拳王，取得大筆獎金，在頒獎台上向我求婚。

眾人歡呼起鬨，那一刻，我覺得自己是世上最幸福的女人。

一切如此美好，英雄與美人終成眷屬。

我們計劃用獎金結婚買樓，再好好裝修拳館，阿邦開始收徒弟，多打幾年比賽，就退役做教練。

但婚後，阿邦的師弟在拳擊比賽中受傷，需要醫藥費。

阿邦面有難色地對我說，想挪用我們的「未來基金」。

「那是你比賽的獎金，應用則用吧。」我能理解他的心情，難道他會眼睜睜看著師弟死去嗎？

那時我甚至想，假如阿邦捨不得這些身外物，他就不是我愛慕的英雄。

但接下來的發展，出乎我的意料。

阿邦的師弟全身癱瘓，錢像流水般花出去，其他師兄弟雖然盡力籌錢，但他們也沒有錢。

於是，有個師兄去打黑拳，即是沒有規則、務求刺激的地下拳賽。

結果他頭部受傷，本來以為那只是小傷，誰知傷及腦部，變成了傻子。

大家焦頭爛額，阿邦拚命比賽，想多賺點錢，我要照顧兩個傷者的起居。

然後阿邦的師父逝世了，臨終前把拳館交給阿邦。

阿邦對我說，生活會變好的，七個師兄弟只有兩人受傷，他們五人一同努力，總會解決問題的。

嗯，我相信他。

直到第三個師弟受傷，他的傷勢沒有那麼重，只是腳部受傷，不能再打拳。

令人絕望的是，健全的師兄弟開始退縮。

有一個師弟說：「嫂子，我年紀不輕了，我想轉行。」還有兩人漸漸消失在我們的生活中。

重點不在於他們轉行與否，而是他們逃避，不想繼續照顧受傷的三個師兄弟。

一個癱瘓、一個傻子、一個瘸子。

阿邦果然是我認定的英雄，他毫不猶豫地，承擔起這份毫無希望的責任。

他說：「大家一起長大，難道我眼睜睜看著他們去死嗎？」

我們沒錢買房子了，但生活仍要繼續。

三個師兄弟住在拳館，阿邦除了打拳，就是到拳館照顧他們。

本來我們想聘請一個看護，但開支太大，所以平日是由斷腿的師弟，勉強處理生活起居。

阿邦年紀漸老，體力下滑，已經不能在比賽中獲勝，獎金收入愈來愈少。

我也找了一份工作，幫補家計，但我開始有怨氣。

他們的醫藥費、生活費、復康費就像一個無底洞，無論我們多麼努力，都只是在填補那個無底洞，不能改善我們夫妻的生活。

我曾經向阿邦投訴，但他堅持這是他的責任，我只可以無聲抗議，不再去拳館。

阿邦不再參加比賽，轉做拳擊教練，收入不錯。

我有點懷疑：「你的拳館那麼簡陋，也會有人來學拳嗎？」

「我曾經是拳王嘛，總有些人氣的。」阿邦笑了笑，隱約有幾分當年的神采。

時光飛逝，日子勉強地維持下去，直到那一天，是阿邦四十五歲的生日。

我想送一份禮物給他，卻不知道卻送什麼，我想了想，他最在乎三個師兄弟，於是我特地請假，到拳館探望他們。

說起來，我已經幾年沒有去拳館了。

但我走到拳館附近，卻看見阿邦鬼鬼祟祟地走進一間俱樂部。

女人的直覺令我汗毛倒豎，我馬上跟蹤阿邦。

出乎意料地，俱樂部的保安沒有阻止我，我有點心虛地問：「我應該在哪裡買門票？」

保安擺擺手道：「今天大少爺大展神威，人人免費入場，不用買門票。」

裡頭已經擺好了拳擊比賽的陣勢，我鬆了一口氣，阿邦只是來看拳賽，沒有背叛我。

但主持人很快宣佈，即將出場的是拳王阿邦。

我皺了皺眉，據我所知，阿邦很久沒有比賽了，即使他想參加比賽，為什麼要瞞著我？

阿邦的對手，是一個腳步輕浮的少爺，即使我不懂得打拳，也覺得他不太像樣。

然後，阿邦氣勢洶洶地出場，揮了幾下空拳，就被那個少爺打倒了。

少爺的腳踩在阿邦的臉上，揉了幾腳，笑得輕浮而驕傲。

眾人歡呼道：「大少爺真厲害，打倒了拳王！」

我難以置信地看著台上的阿邦，我心目中的英雄，他趴在地上，就像一隻狗。

我的眼淚洶湧而出，我衝出俱樂部，在門外等待阿邦。

阿邦看到我，怔了怔，我哭著問他：「為什麼？」

「其實，拳館幾年前已經沒有新學員了，我要賺錢，所以……」

我難以置信地問：「所以你打假拳，讓那些紈絝子弟欺辱你，自稱打倒了拳王？」

阿邦答：「他們力氣不大，沒有受過訓練，我不會受傷的。」

不是受傷的問題，站在賽場上，就有受傷的準備，但最可怕的是，英雄要出賣自己的尊嚴。

「對不起，但我除了打拳，什麼都不會做。」阿邦垂下頭說。

我嘆了一口氣：「你還有什麼沒有告訴我？別再騙我了。」

阿邦沉默了一會，拿出一張宣傳單張，是最新一屆的拳王比賽，他說：「如果我奪得拳王，就會有一大筆獎金，供我們退休所用。」

我呆住了：「你瘋了？你今年四十五歲，不是二十五歲。」

阿邦解釋：「對，我四十五歲了，我五、六十歲時，不會有人找一個老伯打假拳。那時我就沒有收入了，師兄弟們怎麼辦？」

「這是正經的比賽，那些年輕人受過訓練，一不小心會把你打死的。」我不敢相信阿邦的天真，我說：「根本沒有四十五歲的拳王。」

但是，阿邦一向固執，他拚命訓練，準備參加比賽。

說到底，他是為了三個師兄弟而奮鬥，如果只有我們兩夫妻，開銷不大，隨便找一份工作，也可以好好生活。

一個月後，阿邦就會上場比賽，不幸的話，會被年輕人打死打傷；幸運的話就安全地輸掉了，但他一定會想辦法，去賺這筆退休金，確保幾個師兄弟晚年無憂。

他一定會拚命，我不想失去他。

今天，阿邦去別的拳館參加訓練，我拿著有毒的飯菜，走向拳館。

那三個廢物很少外出，所有親友早已把他們遺棄，除了阿邦，根本沒有人會理他們。

只要我把他們通通毒死，阿邦用不著參加比賽，我和阿邦都可以安享晚年。

阿邦會恨我，但我賭他不會舉報我、不會拋棄我，反正阿邦敢用他的性命作賭注，我也有這個勇氣。

走上拳館時，路旁有一塊鏡子，我下意識地掃了一眼，看到一個面目猙獰、滿臉橫肉的大媽。

這種女主角，當然只可以演又長又臭的連續劇。

原來，完美的故事，不可以拖長。

故事一旦變長，英雄會落魄，美人會變成大媽。

最後，所有人都向生活低頭。

—完—

表錯情

女友沒有失蹤

1

半晚驚醒，我的同居女友婷婷消失了。

凌晨四點鐘，她沒有拿手機、銀包、手袋，連鞋子的數量也沒有減少。

我心中一寒，即使她有急事外出，她也會告訴我；即使她故意瞞著我，也沒道理不穿鞋子。

我馬上致電婷婷的母親，她迷迷糊糊地接了電話，聽到婷婷離奇失蹤，馬上嚇醒了，但她也不知道婷婷在哪裡。

我心急如焚地等到天亮，逐一致電婷婷的朋友，也沒人見過她。

早上九點正，我致電婷婷的公司。

她的同事回答：「婷婷上班了，沒有遲到。我她婷婷聽電話。」

可惜，電話瞬間失聲，也許是斷線了。

我馬上趕到婷婷的公司，但知道她的下落後，我終於放鬆下來，乘車途中已經致電公司請假了。

「哦，你要請假。」經理笑著問：「你的女友剛剛打電話找你，你是不是請假去偷歡？」

然後是婷婷母親的來電：「阿昇，我今早致電婷婷，她接了電話，說她照常上班，但她說你失蹤了，你倆在做什麼？」

要解開這個謎團，唯有趕到婷婷的公司。

我衝進辦公室，看著婷婷的座位，問：「婷婷呢？」

同事甲撇撇嘴：「婷婷就坐在那裡，你是瞎子嗎？」

同事乙搭嘴道：「婷婷，你的男友在做什麼？」

三秒後，同事乙說：「他就站在你面前啊，你倆都是瞎子嗎？」

我當然不相信，分明是他們作弄我，婷婷根本沒有上班。

結果我找來我的朋友，他也肯定，他看見了婷婷，也看見我。

事情很明顯，我和婷婷都沒有失蹤，但我們都沒法看見對方。

不單如此，我仔細看著婷婷的辦公桌，我發現她的手機、鍵盤，間中消失卻又出現了。

即是說，婷婷接觸的物件，都會在我面前消失，我猜，在婷婷眼中，我也是這樣的。

當然，在場沒有一個同事相信我們，人人都以為我們鬧著玩。

我嘗試發訊息、打電話給婷婷，但電話卻打不通。

當我把手機借給其他人，叫他們致電婷婷，就完全沒有問題。

我甚至沒法查看婷婷的社交媒體，其他人卻可以使用我的帳號，看得清清楚楚。

即是說，我們唯一的溝通方法，只剩下「人」。

無論是傳話抑或轉發訊息，都要透過其他人。

雖然大家不知道我們是怎麼一回事，但我找到了朋友幫我傳話。

總之，我們不能見面、不能接觸對方。

我發誓：「我一定會找到辦法！」

「我們一起努力。」這個訊息是婷婷的朋友轉發給我的。

但在努力之前，婷婷首先要搬走。

因為有一次，我和婷婷不約而同地想去廁所，我先坐在馬桶上，下一秒，婷婷正要坐下來，但其實馬桶對她而言已經消失了，因為我們無法接觸對方正在接觸的東西。

可惜婷婷背對馬桶，不知道馬桶消失了，所以婷婷坐空了，摔在地上，摔傷了盤骨。

這件事奇幻而又糟糕，更糟糕的是，因為我看不見婷婷，我去完廁所，就如常離開馬桶，所以痛苦抱怨的婷婷，再被突然出現的馬桶撞傷了。

結果，婷婷只能獨力爬出客廳，打電話叫救護車。

婷婷住院養傷，出院後就搬走了。

我能夠理解她的選擇，以我們的情況，真的不適合繼續同居。

這件事令我的決心更加堅定，我四處尋求幫助，但沒有人相信我的說法。

終於有個老教授告訴我，這種情況，應該是我和婷婷的空間出現了問題，我們意外墮入不同空間，但又和其他人身處同一個空間，他也沒法解釋清楚。

老教授介紹了一個外國科學家給我，我就辭職搬到外國。

我孑然一身，婷婷還要供養父母，沒法跟我走。

臨走前，我們找了一個朋友幫忙交流，談了一整晚，我的眼眶都紅了。

我答應婷婷，解決了空間的問題後，回來就向她求婚。

幾經辛苦，終於找到那個外國科學家，她測試出我身上有奇異的空間物質，見獵心喜，答應幫我想辦法，但我要參與實驗。

於是，我就在實驗室裡，過著不見天日的日子。

幸好大部份時間，我都是昏迷的，日子不算太難捱，轉眼間就過了五年。

科學家找到解決方法，並用我身上發現的新物質，做出了新發明。

這些事我都不管了，我打了一個長途電話，聽見了婷婷的聲音：「喂，喂，你是誰？」

我沒有作聲，我要回去給她一個驚喜！

我用盡僅餘的積蓄，買了一隻戒指。

剛下飛機，我就趕到婷婷的公司，我低聲詢問了接待處，幸好，婷婷還在這裡上班。

接待處職員問：「我幫你叫她出來，好嗎？」

「不，我等她下班。」我滿心歡喜地站在公司門口，不斷思考，一會應該怎麼說。

「婷婷！」

婷婷聽到我的聲音，神情驚訝。

「對，你能看到我，我也能看到你。原來我們出現這樣的情況，是因為……」我正要說出我的經歷，

豈料婷婷擠出一抹笑容，打斷我的說話：「回來就好了，有空一起吃吃飯，我趕時間，我先走了。」

我呆若木雞，這種感覺，就像楊過十六年後重遇小龍女，小龍女卻說她今天沒空。

難道婷婷生氣了，因為我五年來沒有找她？但我進入實驗室前，有把實驗室的地址留給她的朋友，難道朋友沒有幫我轉告？

「婷婷，你讓我解釋……」

「我真的沒有時間，我要去接兒子放學。」婷婷迅速地說了一句話。

然後，我無話可說。

「你的兒子？」我的嘴巴在顫抖。

「嗯，他今年三歲了。」

三歲，即是我離開香港一年後，在實驗室經歷痛苦實驗時，她已經搭上了另一個男人。

見我晴天霹靂，婷婷有點尷尬地說：「我們之前的問題，不知道能不能解決嘛，我也要向前走……」

你不是說，你會等我嗎？我有留下地址，讓你來找我的！我心中有無數吶喊，但一句也說不出來，因為婷婷已經快步離開了。

感情最大的問題，不是誰對誰錯，

而是你竭盡全力，卻赫然發現，對方已經向前走了，走得很遠很遠。

這段感情，原來只有你在原地踏步。

—完—

書生捕獵團

2

落魄的書生，路過一個小鎮。
他遇上一個富家小姐，欣賞他的才華，以身相許，兩人私訂終身。
小姐還拿出私房錢，做書生的盤纏。

書生得到愛情和金錢的鼓勵，信心滿滿地上京趕考，順利成為狀元。
赴過瓊林宴，打馬御街前。
書生不忘舊情，大紅花轎迎娶小姐為妻。
小姐成為官夫人，人人艷羨，兩人幸福快樂地生活下去，耶！

這就是「書生與小姐」的理想故事，這個故事我已經聽了超過一百次，但故事還未實現。

我叫露珠，是一個丫環，自小就和小姐一起長大。

小姐自然是富家小姐，美貌動人，老爺是一個經商的富翁。

雖然老爺家財萬貫，但他始終是商人。

在這個年代，士農工商，滿身銅臭的商人一向被人鄙視。

所以，小姐自小的心願，就是嫁給一個當官的男人，成為眾人艷羨的官夫人。

小姐長大後，才發現要實現她的心願，是多麼困難。

官員間自會聯姻，大家都愛面子，不會娶一個富商的女兒。

即使有些官員出現經濟困難，也有很多巨富之家的千金，帶著鉅額嫁妝要做官夫人。

老爺雖富，卻不是巨富，根本排不上號。

所以，小姐的計劃有所變動。

既然不可能嫁給「已經做官的男人」，唯有在男人做官前，趁低吸納，建立感情。

換句話說，她要瞄準將會考中科舉的男人，狀元榜眼探花等等。

小姐的「書生捕獵計劃」正式開始。

小姐吩咐我收集資料，了解上京趕考，路過這個鎮子的書生。

要了解他們的年紀、家中是否有妻室、性格、愛好，最重要的是成績優異，有中舉的潛質。

有錢洗得鬼推磨，我們很快就整理了一本「書生記事錄」，不定期更新。

小姐的目標，就是年輕單身、成績優異的書生，實現「書生與小姐」的美好未來。

計劃的第一步「勾引書生」，往往是成功的。

想像一下，當你一貧如洗，寒窗苦讀時，突然有個美麗的富家小姐，說仰慕你的才華，願意以身相許。

十個男人中，有九個都不會拒絕。

到目前為止，小姐已經成功勾引了十八個書生，送上盤纏讓他們上京趕考。

但問題是，到目前為止，還未有一個書生中舉，回來迎娶小姐。

應該說，有三、四個書生中舉了，但他們全都不認帳，還有人在京城娶了丞相的女兒為妻。

小姐託人寄信到京城，要他們兌現承諾，勿忘白頭之約，但每封信都石沉大海。

有一次，小姐不服氣，千里迢迢地去了京城，拿著訂情信物，找到中舉的書生。

但那個書生居然不認帳，說他根本不認識小姐，氣得小姐差點吐血身亡。

唉，沒有良心的男人，實在太多了。

小姐很困擾，突然有一天，小姐問我：「露珠，你覺得，我應該……生個孩子嗎？」

一直以來，小姐雖然對不同的書生以身相許，但她小心避孕。

小姐的意思是，她不再避孕，待書生中舉後，就可以抱著孩子，逼書生認帳。

「小姐，如果你生了孩子，但書生沒有中舉的話，人人都知道你已為人母，你怎樣結識下一個書生？」我一連拋出幾個問題，小姐啞口無言。

小姐明白這些道理，只是她的年紀愈來愈大，還未找到書生願意娶她，她開始慌亂起來。

我和小姐情同姐妹，看著她勾引一個接一個的書生，一次又一次地失望，我也很心痛。

我終於忍不住勸她：「小姐，不如放棄吧。」

做官夫人雖然威風，卻遙不可及，以小姐的容貌家世，即使做不了官夫人，但嫁一個富家公子，做個少奶奶，絕對是輕而易舉的。

為什麼一定要做官夫人？為什麼要對那些負情薄倖的書生，存在不設實際的幻想？事情顯而易見，有些書生沒法中舉，一旦中舉，則身價百倍，翻臉不認人。

小姐淚流滿面地說：「我爹是商人，我是商人的女兒。我不希望我的丈夫、我的下一代都是低賤的商賈！」

總之，小姐堅持這條錯誤的道路。

直到有一次，小姐「遇上」柳公子。

柳公子不算很帥，但有一種憨厚樸實的氣質，像一個一諾千金的人。

小姐施展渾身解數勾引他，他偏偏不喜歡大家閨秀，看中了小家碧玉……我。

柳公子像柳下惠般拒絕小姐，不斷表達對我的好感。

柳公子含情脈脈地看著我，柳公子真心真意地愛上我，柳公子對天發誓許下承諾。

這一次，反而是小姐憂心忡忡地看著我。

小姐沒有嫉妒我，柳公子只是她的其中一個獵物，但小姐擔心，我會像她般被書生欺騙。

我思考了很久，如果我不把握這個機會，我會嫁給誰？大概是嫁一個管事，我生出來的子女，依然是奴隸。

柳公子真的很有才華，他說他一定會中舉，一定會八抬大轎，娶我為妻。

如果我成功了，我就是官夫人，是小姐都要仰望的女人。

小姐已經失敗了十八次，我作為第十九次，沒道理這麼倒楣吧。

我鼓起勇氣，把自己交給柳公子，把私房錢都交給他了。

柳公子和我依依惜別，上京趕考。

沒多久，我發現我懷上了柳公子的骨肉。

而且，小姐也收到消息，柳公子中了狀元！

我欣喜若狂，我能成為官夫人了！

我一直在等，我的肚子愈來愈大，我的兒子出生了，柳公子也沒有回來找我。

我託人送了很多封信到京城，通通石沉大海。

隨著兒子一天一天的長大，我終於確定，柳公子不會回來了。

柳公子，已經拋棄了我。

這時候，小姐已經認命，嫁了一個門當戶對的富家公子。

我就帶著兒子，獨自生活。

條件略好的管事，都對我沒有興趣。

我整天問自己，為什麼我不斷勸小姐，不要相信書生，但我卻忍不住淪陷了。

因為「成為官夫人」實在太吸引了，旁觀者看到背後的陷阱，但身在局中的人，只會被迷人的果實吸引。

你笑別人太瘋癲，但面對引誘時，也許你會比他更瘋癲。

—完—

新界的牛向我表白

3

我自小就聽說，新界有牛，活生生的牛。

直到我十五歲那年，父母帶我由九龍搬到上水，我才發現梧桐河邊真的有牛。

胡伯養了四十隻牛，每天都會放牛。

一大群牛在大水管旁，靜靜地吃草，差不多日落時份，胡伯就會把牛群趕回去。

父母只顧做生意，很少關心我，我喜歡放學後去看牛，坐在草地上，會遠遠看見來往羅湖和上水的火車。

牧場和城市，郊野和繁華，突然，這麼近，那麼遠。

扯遠了，總之，我雖然喜歡看牛，但在我的認知裡，那群牛就是一群牛，沒有哪隻牛比另一隻牛更特別。

直到有一次，有隻野狗對著我吠叫，我自小就害怕狗，我忍不住跑掉了，我跑起來，牠就忍不住要追我，一人一狗就這樣上演一場追逐戰。

牠快要追上我，千鈞一髮間，一隻牛擋在我身後，對著那隻野狗「吽」了一聲。

牛當然比狗高，野狗吠叫兩聲，那隻牛卻不退縮，一狗一牛對峙了一會，野狗就走了。

我很難想像我被一隻牛拯救了，我想給牠一些食物，但附近適合牛的食物只有草，而草……牠隨時可以吃。

我唯有說：「牛牛，謝謝你。」

沒想到牛牛沒有介意我不能馬上報答牠，還對我親親熱熱的。

從此，我就多了一個牛朋友。

雖然每隻牛的樣子都差不多，但我每次經過，牠都會主動走近，黏著我吃草。

我會對牠說心事，牠彷彿能聽得懂人話，我覺得稀奇可愛。

人當然也能聽得懂人話，但人還能反駁幾句人話，這就令人聽了不爽快。

直到有一天，我和牛牛聊天時，胡伯突然走近：「年輕人，你和我的牛感情不錯嘛。」

我有點害羞地說：「胡伯，牛牛很好的。」

胡伯說：「哦，你和牠多聊幾句吧，明天就沒法看見牠了。」

「牛牛要去哪裡？」我站起來，牛牛也一臉警惕地看著胡伯。

胡伯答得理所當然：「要賣了。難不成是做寵物嗎？」

「多少錢？我要買牛牛！」我不可以看著我的朋友任人宰割。

胡伯答：「價格不貴，如果你想買，一萬元吧。」

我愣住了，我怎會有一萬元。

即使我告訴家人，他們一定不會同意我買一隻牛。

胡伯看到我的表情，就知道我沒有錢，他也沒有為難我，只說：「年輕人，這些牛就是用來做生意、用來做牛排的。」

胡伯走開了，牛牛看著我，蹲下了身子。

我突然領悟了牠的意思：「我騎你？」

牛牛點點頭。

牠揹著我行了幾步，我聽到一句話：「我喜歡你。」

聲音明顯是從牛牛身上傳出來的，我驚叫道：「你懂得說人話？」

牛牛再問：「我喜歡你，你接受我嗎？」

人生第一次被表白，居然是被一隻牛表白。

但人怎可以和牛相戀？即使是「董永與七仙女」，那隻老黃牛有靈性，就介紹了一個仙女給董永，那隻牛不會說「你娶我吧」。

更重要的問題是，明天牛牛就要被賣走，我卻無能為力，牠愛我有什麼用？

牛牛洞悉了我的迷茫，牠對我說：「吻我。」

牠的聲音像有魔力一樣，四周沒有人，我翻身下地，合上眼睛，吻下來，豁出去，把初吻獻給一隻牛。

當我睜開眼睛，牛牛已經變成了一個美女。

我震驚得說不出話來，牛牛嫣然一笑道：「沒想到，原來得到真愛之吻，我就會變回人形。」

古有青蛙王子，今有牛牛公主？

我忍不住問：「你本來是人？」

「不，我本來是牛。直到我遇上你，有一把聲音對我說：『就是他了！』所以我救了你……」牛牛一臉嬌羞地說。

這時候，胡伯走近，看到我身旁的女孩。

「這是我的女友，她來找我的。」我隨口一說，就拉著牛牛離開了。

胡伯當然沒有阻止，他怎會猜到，他的牛變成了一個女孩。

我帶牛牛回家，父母都出差了，剛好不在家。

父母間中回家時，我就說女友來家裡玩，他們都沒有深究。

我和牛牛就這樣住在一起了，我有一個美麗的女友，真高興。

沒多久，我作了一個夢，夢見我是一個古代的大俠，仗劍江湖。

有一次，一群山賊打劫一個大戶人家的車隊，護衛逐一戰死，千鈞一髮間，我從天而降，把那班山賊全部斬殺。

大戶人家的小姐感激流涕，向我盈盈一福：「大俠的大恩大德，小女子無以為報，唯有來生做牛做馬。」

那個小姐的長相，和牛牛一模一樣！

我驚醒了，牛牛睜大眼睛盯著我。

我說：「牛牛，我剛才夢見我是大俠……」

牛牛打斷我的說話：「你也夢見，上輩子你救了我？」

我們作了一模一樣的夢，明顯地，我前生對牛牛有救命之恩，所以今生她來報恩，我們再續前緣。

我曾對「牛變人」有些不安，現在所有不安消失，我心裡只餘下興奮，我和她果然是宿世姻緣。

但是，牛牛用奇怪的目光看了我一眼，似乎有幾分嫌棄。

不會的，肯定是我看錯了。

之後，牛牛對我愈發冷淡，沒多久，她就提出分手。

我不敢相信她的說話，我說：「我們是宿世姻緣，上輩子我救了你，你說要做牛做馬……」

牛牛大叫：「但你前生是什麼模樣？你現在也是這個模樣！」

那天晚上，我作了一個夢，以旁觀者的角度，看前生英雄救美一事。

等等，前生的我，為什麼長得這麼醜，小眼扁鼻歪嘴？令英雄救美的浪漫氣氛瞬間消失了。

仔細一看，我前生的輪廓和今生很像，只是比今生成熟一點。

換句話說，我長大後就是這樣醜？

如果大俠長得帥，前世的小姐就會說：「小女子無以為報，唯有以身相許。」

大俠長得醜，小姐才說：「小女子無以為報，唯有來生做牛做馬。」

牛牛說：「我記起了！就是因為我說過這句話，投胎時被逼做了牛，要報答你的恩情。」

我問：「你明明要報答我，你還要和我分手嗎？」

「我上輩子沒法接受你的長相，這輩子也不行嘛。」牛牛移開視線。

我又說：「你這輩子沒有報答我，也許你下輩子還要做牛做馬。」

牛牛猶豫了幾秒，才說：「下輩子再說吧，可能下輩子你長得很帥。」

唉，愛情，就是荷爾蒙的互相吸引。

即使你付出再多，如果你無法吸引她的荷爾蒙，她寧願做牛做馬，都不會以身相許。

—完—

老婆中風後

4

我愛環環。

我和環環結婚五年，我每一秒都在愛她。

她的容貌、她的聲音、她的才華、她的性格，她的一點一滴都令我無比迷戀。

直到她中風了。

我不明白，為什麼一個三十五歲、不煙不酒的女人，會突然中風。

但事實就是如此，不幸發生在我們身上了。

她無法下床，初時我很心痛，但我的心痛漸漸變質了。

因為環環不再是一個人，她變成了一個無底洞。

她需要兩個護工，廿四小時貼身照顧，還需要按摩師幫忙，避免肌肉萎縮。

順帶一提，我們本來買了房子，以我們倆的薪金，可以輕鬆地負擔貸款。

現在只有我還在工作，一個人的薪金，根本無法負擔龐大的開支。

於是我解僱了晚上的護工，打算晚上由我來負擔照顧環環，應該不難吧。

當我按照指示，幫環環更換尿片，剛解開尿片，一堆液態的穢物從她的臀部湧出，我滿手都是穢物。

我大嚷道：「喂，我正要幫你換尿片，你不可以先等我換完嗎？」

「啊！啊！」環環的嘴巴在顫抖，她努力說話，卻只能發出沒有意義的叫聲。

和她爭執，根本沒有意義。

我只好洗手，再把床單換掉了。

好不容易才睡著，半夜又被環環驚醒，她突然高聲地咳嗽起來。

我起床查看她的情況，一團濃痰射在我的臉上，我嘔心得想吐。

第二天起床，我累得渾渾噩噩的，沒精打采地上班了。

我明白，我沒法親自照顧環環，但我的積蓄差不多用光了，沒法繼續聘請護工。

環環根本沒法控制自己的大小便，還經常嘔吐。

她永遠都會把自己弄髒，為她清理身體，根本沒有意義。

我把護工和按摩師都解僱了，下班後給她餵飯餵水，再換一次尿片，然後就分房而眠。

沒多久，環環身上散發出一陣臭味。

我剝開她的衣服，有些皮膚開始腐爛。

我馬上把她送到醫院，醫生把我罵得狗血淋頭，說我照顧不佳，令她長褥瘡了。

醫生說了照顧環環的要點，我忍不住問：「她會康復嗎？」

醫生答：「只要你好好照顧她，情況會有改善。」

我說：「『康復』是指她可以照顧到自己，正常生活。」

醫生沉默了一會，坦誠地說：「恢復如初的機率，應該不超過百份之五。」

醫生說「不超過百份之五」，那就是不可能。

我的人生，不可能回復正常。

我只可以捉襟見肘地生活，甚至要四處借貸，連外出吃飯都要憂心她的情況。

結婚時，我說過，無論富貴貧窮，無論健康疾病，都不離不棄。

但每對夫妻都會說這句誓言，不過是打算在七、八十歲時互相扶持；誰會預料到，是要由三十多歲開始，照顧行動不便的另一半，賠上自己的下半生。

我賣了房子，把餘下的錢分為兩份，一份用作預繳環環的醫藥費。

我把環環送到醫院，我沒有告訴任何人，我已經買了機票。

但不知何故，我離開病房時，環環忽然發出「啊啊啊」的叫聲，彷彿知道我即將離開。

我帶著餘下的錢，登機了。

登機那一刻，我低聲說：「環環，對不起。」

一滴眼淚滑落。

然後我醒過來了，我發現自己戴著一個巨大的頭盔，躺在床上。

站在身旁的，是滿臉怒容的環環。

環環明明中風了……等等，環環還未嫁給我。

真實的記憶湧入腦海。

我正在追求環環，她是我心目中最完美的女人，無論樣貌、性格、才華都符合我的幻想。

環環對我有好感，但我是一個富翁，所以她有點猶豫，怕我日後對她不好。

於是，我們參加了最先進的虛擬遊戲「模擬人生」。

我們都會戴上頭盔，忘記現有的一切，投入模擬人生的身份和經歷。

按照環環的要求，我被設定為一個普通的文員，年輕的妻子不幸中風，失去自理能力……

環環冷笑道：「你說會照顧我一生一世，卻在危難時拋棄我？」

這時候，模擬人生的負責人拿出帳單：「張先生，模擬人生已經結束，請繳付帳單。另外，您對我們的服務滿意嗎？」

我大叫：「不滿意！很不滿意！我根本沒有那麼壞。」

「張先生，模擬人生中，除了記憶和身份有所變化，所有事情都是你的個人決定。」

環環冷笑一聲。

我反對：「等等，我在現實中，有超過五十億的資產，即使我的妻子中風了，我可以聘請十個專業護士，貼身照顧她，可以找來世上最好的醫生，我哪有可能會拋棄你？」

環環反問道：「所以，當你沒有錢時，就會拋妻棄子吧？」

我不是這個意思，但環環轉身就走，無論我怎樣解釋，她都不再理會我。

我沒有機會和環環結婚，後來，環環認識了另一個男友。

結婚前，她帶著男友光顧了「模擬人生」，重覆「中風副本」。

環環還在社交媒體上炫耀，說男友對中風的她不離不棄，所以遊戲後，他們就結婚了。

我也娶了另一個女人，我對妻子很好，她當然沒有中風，享受著富家太太的生活，我用情專一，為人卻不專制，令她成為朋友羨慕的對象。

不過，幾年後，環環就離婚了，因為她的丈夫出軌了。

午夜夢迴，有時我會悄悄地幻想，如果環環當年選擇了我，可能她會過得更幸福。也可能不會。

每個人都有缺點，在貧窮疾病面前，對你不離不棄的人，未必能抵擋美色的誘惑。有些人只可共富貴，不可共患難，但如果他富貴一生，就未必會出問題。沒有一個測試，可以確保兩個人能永遠幸福。

你們過得如何，除了視乎人品，更加視乎際遇。

—完—

5

女友說要給我新鮮感

明天是我的生日，今天女友蚊蚊對我說，明天要給我新鮮感。

唉，戀愛七年，還有什麼新鮮感可言，最多不過是換一套性感睡衣。

蚊蚊卻說：「我的表哥發明了一個『樣貌轉換器』，可以完全變成另外一個人，他把發明借給我了。」

樣貌轉換？那真的很有新鮮感，我該選擇什麼樣貌？模特兒娜娜、明星雪雪，抑或住在隔壁的美女芝芝？

「明天你就知道了。」蚊蚊神祕一笑。

我懷著激動的心情，第二天早上睜開眼睛，就看到住在隔壁的美女芝芝！

蚊蚊真聰明，我正要一親芳澤，卻突然發現，房間的佈置截然不同。

「阿郎，你在看什麼？快點起床煮早餐吧。」

等等，我明明叫阿輝，阿郎……是我的同事，也是芝芝的男友，我一向羨慕他的艷福。

我馬上跑到廁所，果然在鏡子裡看到阿郎的模樣。

嘩，蚊蚊不是自己變身，而是把我變成阿郎，讓我可以和芝芝談戀愛？

真正的阿郎去了哪裡？不管了，既有飛來艷福，我接受就是禽獸，拒絕就是禽獸不如。

突然，我的耳朵一痛，芝芝扭著我的耳朵，大叫道：「煮好早餐就上班了，蠢材。」

芝芝看起來溫柔純善，原來是隻母老虎。

我煮早餐時，心想，今晚一定要大展雄風。

但出門前，我不斷被芝芝責罵，早餐不可口、衣服穿得不好看、走路慢吞吞……彷彿連呼吸也是錯的。

短短一個小時，我已經有度日如年的感覺。

好不容易回到公司，我坐在阿郎的位置，幸好阿郎的職務和我差不多，我能應付得來。

下班後，我躊躇滿志地回家，在門前遇上蚊蚊，我感慨道：「蚊蚊，你真大方。」

「你在說什麼？」蚊蚊後退兩步，眼裡有著對陌生人的戒備。

嘩，她的演技這麼好的嗎？

這時候，芝芝一手把我扯進屋內：「阿郎，你在家門搭訕，你找死嗎？還看上了隔壁的醜女？」

我忍不住為蚊蚊辯解：「蚊蚊不是醜女。」

「你敢駁嘴！」芝芝狠狠刮了我一巴掌。

別以為我不會打女人，反正我現在不是阿輝，我正想還手，就被芝芝打得眼冒金星。

我仰起頭，看到牆上掛著芝芝的空手道黑帶證書。

她不斷擊中令我疼痛的位置，卻沒有留下傷痕，簡直是家庭暴力專家。

別說艷遇了，原來這是一場精神上、肉體上的虐待。

趁芝芝外出，我敲響了蚊蚊的門：「我知錯了，世間始終你好，我不應該對其他女人有幻想，快點把我變回阿輝。」

壞男人得到教訓，浪子回頭，應該大團圓結局吧？

豈料蚊蚊的表情迷茫，問：「誰是阿輝？」

「阿輝是你的男友！」我迅速把事情敘述一次。

「樣貌轉換器？我又不是叮噹，哪有這麼神奇的法寶，而且我沒有男朋友。」

為了取信於蚊蚊，我說了一些她生活上的小習慣。

蚊蚊點點頭，卻說：「但你住在隔壁，也許你一直在偷窺我？」

蚊蚊失憶了？我趕到公司，想找出阿輝的資料，令蚊蚊尋回記憶。

誰知找了半天，竟然沒有阿輝的存在，從來也沒有這個員工。

由於我的行為古怪，芝芝帶我去看心理醫生。

醫生說：「可能他的生活壓力太大了，令他出現幻覺，幻想自己是另一個人。」

幻覺？換句話說，世上從來沒有阿輝，我一直是阿郎？

芝芝有點愧疚，答應以後不會再打我。

沒用的，我不愛芝芝，我們根本不合襯。

但無論我多麼苦惱，也沒法變回阿輝，難道這是上天對我的懲罰？

後來我趁芝芝外出，屢次去找蚊蚊，終於有一次，蚊蚊問：「為什麼你要和芝芝在一起？」

「因為我是阿郎，如果你把我變回阿輝，我就可以和在你一起。」

蚊蚊反問：「哪條法例規定，阿郎一定要和芝芝一起？」

我愕住了，蚊蚊繼續說：「我真的不記得『阿輝』的存在，但愛情是一種選擇，無論你是不是阿郎，你不愛她了，就應該面對這個問題。無論是設法補救，或是選擇分開，都不該幻想自己變成另一個人。」

結果，我向芝芝提出分手，

出乎意料地，芝芝露出如釋重負的神情。

分手後，我正式追求蚊蚊，目前為止還未成功，不過我對未來依然充滿信心。

愛情取決於你愛誰，不是取決於你是誰。

—完—

6 不愛我，就爆炸

今天是情人節，女友晶晶晚上要加班，所以我早上起床，陪她吃情人節早餐。

我在餐廳預訂了位置，買了禮物，訂了一束花。

我們說說笑笑，很是甜蜜，直到我收到一個訊息：「昨晚在你的懷抱裡入睡，十分溫暖，情人節快樂。」

這是誰？我臉色一變，晶晶瞧了一眼，大發脾氣。

「她發錯了！你看，我沒有和這個電話號碼交流過……」我低聲下氣地解釋了半天，晶晶勉強相信我的清白。

這時候，我又收到了一個信息：「你送的心形項鍊，她喜歡嗎？我也很喜歡那款項鍊。」

心形項鍊……我剛剛送了一條心形項鍊給晶晶，作為情人節禮物。

「她很喜歡？你把一款項鍊送給兩個女人？你真的費盡心思！」晶晶一手把項鍊丟在地上，快步離開了餐廳。

我沒有追上去，因為我還未結帳，相信男人都明白這種無奈。

晶晶上班了，我也滿心不忿地回到公司，當務之急，是找出作弄我的人，再向晶晶解釋。

我發訊息問：「你是誰？」

對方很快回答：「我是最愛你、最了解你的。」

我昨晚絕對沒有和別人同床，疑點在於，誰知道我送了心形項鍊給晶晶？

我沒有向朋友提過，我在網上搜索了那間店舖，自行購買項鍊，除了我、首飾店老闆娘和晶晶之外，沒有第四個人知情。

等等，難道是首飾店老闆娘對我一見鍾情，想拆散我和晶晶，乘虛而入？

因為那條項鍊是訂造的，她留下了我的電話號碼，事情似乎很合理，但我照照鏡子，就放棄了這個推測。

那個號碼還繼續發訊息給我：「今天要見客，加油！」「你上星期才感冒了，午餐不要喝凍飲呢。」

我不寒而慄，彷彿有一雙眼睛在監視著我。

我回覆：「今晚你有空嗎，不如一起過情人節？」

很快，她發了一間餐廳的地址給我：「怎會沒空，我的時間永遠是屬於你的。」

好，我就看看你是何方神聖！

放工後，我趕到那間餐廳，在餐廳門外發訊息問：「我穿著白色恤衫，你到了嗎？」

「看看你的三點鐘方向。」三點鐘方向？即是餐廳內？

我抬頭一看，就看到晶晶和一個陌生男人吃燭光晚餐，氣氛曖昧……

她不是要加班嗎？我想質問晶晶，卻被侍應攔住了：「先生，你沒有訂座，不能內進。」

「我有朋友在裡面。」

「我們今天只有情人節套餐，齊人才能入座。」

被侍應攔住，我的怒火也漸漸平息，晶晶分明是出軌了，我還可以怎樣質問她？衝進去鬧事，只會成為笑柄。

我發訊息問那個神祕人：「你究竟是誰？你在哪？」

「我就在你的手裡。」

手裡？我只拿著我的手機……她是我的手機？

這倒說得通，我找情人節禮物、看醫生，都是用手機搜索的，昨晚在我懷抱裡入睡……

我昨晚玩手機睡著了。

「我和你朝夕相對，早就對你情根深種。我打算默默守護你，但我知道晶晶背叛了你，

我不能不說！那種女人配不上你！」

我反問：「你怎麼知道，晶晶約了另一個男人？」

「今天早上，峰峰告訴我的。」

我有點混亂，問：「誰是峰峰？」

「晶晶的手機。」

我還未反應過來，手機已經步步進逼：「世上除了我，誰可以分分秒秒，連上廁所都

陪著你？我不會阻止你在網上看美女，我還可以幫你找美女圖片；你想聽聲音，我可以模擬；你想要體溫，我可以發熱。情人節時，你不用傾家盪產、花盡心思，你只需要換一個手機殼！」

說起來，她似乎有很多優點，幸好我還保留一絲理智，說：「神經病，我不會搞人機戀。」

「你不愛我，我的生存還有什麼意義？」

「嘣！」

「特別新聞報導：一名男子手機爆炸，灼傷手指及臉部。送往醫院時，該男子不斷聲稱，是手機求愛不遂，自爆報復。有專家指，手機輻射有機會影響腦電波，令人產生幻想，網友則認為，這種行為屬於『單身狗情人節妄想症候羣』，不少單身男女都有類似症狀……」

如果你還未有另一半，不要忘記，我時刻陪伴著你。

永遠愛你的手機上

—完—

女神愛上我

和很多男人一樣，我都有幾個心儀的女神。

每天讚好、留言，女神有什麼活動，我一定出席，排隊三小時，就可以和女神合照一張，我覺得很幸福。

網民嘲笑我們做兵、是狗公，其實我心裡清楚，我們只是享受過程，難道合照滿一百張，儲滿印花，女神會嫁給我嗎？

女神需要人氣，我需要和美女接觸的滿足感，表面上是盲目崇拜，背後是一場公平交易，不拖不欠。

今天，我去了女神雯雯的寫真簽名會，合照後，我對她說：「簽名會後，不如我們一起吃晚飯吧。」

我知道她一定會推辭，然後我就拿出預備好的零食，她會吃我買的零食，我已經很滿足了。

誰知雯雯回答：「好，時間差不多了，你想吃什麼？」

我怔了怔，但也順理成章地去吃晚飯了。

吃飯時，我不斷猜測，雯雯到底是想借錢，抑或她會轉行做保險、傳銷、倫敦金？

於是，我有意無意地透露我家境貧困，但雯雯表現得很熱情，飯後還交換了電話號碼，結帳時搶著付錢。

接下來的事情，令人難以置信。

雯雯持續和我聯絡，主動約我逛街看電影吃飯，自製小禮物送給我……發訊息時，她會秒回我！

總之，一切應該我來完成的事，她卻全部都做了。

我們交流了一段時間，雯雯還未提出任何金錢上的要求。

她還向我表白，說想和我在一起。

我沒有拒絕的理由，那一刻，我覺得，如果她真心和我談戀愛，我願意傾家蕩產。

確認關係後，雯雯主動地放閃。

所有朋友都很驚訝，不明白為什麼我長得不帥、沒有錢、沒有才華，卻可以得到女神的青睞，還問我有什麼祕訣。

我說：「沒有祕訣，是她主動追求我的。」

沒有人相信我，其實我自己也不相信。

雯雯還帶我去見父母，原來她的家境很富有。

然後，她的父母問我們什麼時候結婚，雯雯就滿臉期待地看著我。

什麼？我們才談了三個月的戀愛。

我幾乎懷疑，雯雯懷了別人的孩子，或是有什麼奇難雜症，所以才急著嫁給我。

我觀察了半年，我們終於結婚了。

婚禮由雯雯出資，連房子也是她買的。

值得一提的是，雯雯卸妝後，依然是一個美女。

每天起床時，我都有一種不真實的感覺。

但幸福不是必然的，婚後三個月，我開始發現，雯雯有點不對勁。

她常常問我家中的情況，特別關心我的生辰八字。

另外，她買了很多古怪迷信的東西，放滿了整個書櫃。

終於有一天，她說下個月回鄉祭祖，她的家鄉在貴州，祖上是苗族人。

所有事都不算大事，但加起來就十分可疑。八字？迷信？苗族？苗蠱？

也許，我是陰年陰月陰日出生，血脈奇特，可以用來製蠱、成為爐鼎之類？我有點不安。

雯雯問我，想不想和她一起回鄉。

我雖然想知道真相，但那是她的地盤，我人生路不熟，很容易出意外。

於是我說沒法請假，不去了，雯雯也沒有介意，笑瞇瞇地看著我，我有點心寒。

我決定主動出擊，知己知彼。

我請了一個私家偵探，叫貝小姐，貝小姐對玄學略有研究，算命時也像模像樣的。

貝小姐主動結識雯雯，她們很快就成為了朋友。

她故意用玄學迷信試探雯雯，雯雯果然熱情地和她討論。

貝小姐告訴我，原來雯雯嫁給我，真的別有用心，唉，我早就猜到了。

但貝小姐始終沒有試探出，雯雯想怎樣利用我。

雯雯回鄉後，我決定和貝小姐準備一個周詳的計劃，一定要找出雯雯的真面目。

有一天，我請貝小姐到我的家裡，看看雯雯的古怪收藏，尋找蛛絲馬跡。

這時候，雯雯突然回家，原來她提早回來，想給我一個驚喜。

你們懂的，雯雯看到貝小姐在家裡，我事前完全沒有提過我認識貝小姐，她當然誤會我和貝小姐有染，甚至貝小姐主動結識她，也是一場陰謀。

雯雯哭著說我負心，提出要離婚。

等等，無論打算怎樣利用我，她還未成功，怎會輕易和我離婚？

突然，貝小姐哭著和我道歉，說她欺騙了我。

雯雯根本沒有打算利用我，只是貝小姐最近沒有什麼生意，想多賺些錢，但從來沒有想過會破壞我們的婚姻。

沒多久，雯雯打電話給我，說只要我願意和貝小姐斷絕來往，她可以原諒我。

我知道，我應該和雯雯好好解釋，破鏡重圓。

但我沒有，我決絕地說，我愛上了貝小姐，要和雯雯分開。

說出這句話後，我如釋重負。

我終於明白，問題不在於雯雯怎麼做，而是我一直覺得，她不應該愛上我，所以無論她做了什麼，我都會懷疑她有陰謀。

愛情，不一定要門當戶對，但一定要相信自己。

如果你也覺得自己配不上對方，恭喜你，你猜對了，你真的配不上她。

—完—

8

我是愛情小說女主角

我叫憐霜，我自小就喜歡看愛情小說。

我知道，命中注定，我一定是女主角，有一個真命天子在等我。

所以我從中學時開始，就沒有努力讀書，而是專心打扮。

女主角不一定成績優異，但必須是美女。除了打扮外，我也密切留意身邊的每一個男性，看看誰是我的男主角。

終於，我發現了學校的師兄，他長得帥、成績好，據說家境富有，符合男主角的基本條件。

我有意接近師兄，含情脈脈地看著他，送一些小禮物給他，他也開始留意我。

然後，他向我表白了！

「什麼，你想我跟你談戀愛？」

師兄反問：「你不喜歡我？」

「不，我覺得……太快了。」

根據愛情小說的定律，男女主角不會這麼快確認關係，要經歷心動、誤會，男主角拚命追求女主角，重至生死關頭捨命相救，輕至買花屋前死守直到下雨，才會開始戀愛。

師兄失落地離開了，我以為他開始計劃怎樣追求我，誰知一個月後，就聽說他和另一個師姐談戀愛了。

別誤會，我沒有後悔。

這種朝三暮四的行為，證明他不是我的男主角，幸好我沒有貿然答應他的表白。

愛情小說的另一個定律，就是「身心雙潔」。

即是說，主角可以被無數人暗戀，但身心只有彼此，包括初戀、初吻、初夜。

即使是「白月光」小說，主角相遇前，曾暗戀、單戀過一個配角，因為種種原因沒有相戀，令主角念念不忘，另一個主角很努力，才令對方放下上一段感情。

這類故事的主角，雖然心已經不再純潔了，但至少身體是純潔的。

所以，我更加要謹慎擇偶，認清誰才是真正的男主角，以免失去了女主角的權利。

可惜，這個城市的男人實在不濟，我由中學開始尋尋覓覓，直至二十五歲，還未遇上我的男主角。

我有一個男配角，他叫阿呆，長相平凡、性格內向、家境平凡，多年來，他對我癡心一片，許下了「如果三十歲我未娶，你未嫁，我們就在一起吧」的承諾。

但大家放心，阿呆從未牽過我的手，因為我知道阿呆是男配角，男配角的作用，就是用來襯托女主角的矜貴，必要時為女主角犧牲。

為了遇上男主角，我決定更加主動。

我買了一本英文版的莎士比亞全集，每天坐地鐵上班時，我都會拿著那本書。

在一眾「低頭族」中，我就像清泉般脫俗、顯眼，男主角應該會留意我吧。

我當年沒有努力讀書，看不懂書上的英文。

不過我已經在維基百科，搜索了莎士比亞故事的概要，確保男主角向我搭訕時，我可以作出智慧的回答。

我表面上在看書，實際上在留意，這個車廂內會不會有我的男主角。

有個女人拍拍我的肩：「你的書拿反了。」

我本來很生氣，但當我轉身看到她的長相，我突然不生氣了。

別誤會，我沒有愛上她，而是我發現，她長相中上，身材澎湃，衣著性感，笑容有幾分刻薄。

這種設定，分明就是愛情小說惡毒的女配角，會和女主角爭奪男主角的心。

即是說，只要我跟著她，看看她喜歡哪個男人，就更有可能會遇上男主角。

於是，我忍著心底的厭惡，和那個女人成為了朋友。

有一次，她約我去酒吧，沸反盈天的舞池並不符合我的氣質，但為了遇上男主角，我可以忍受。

我一直留意那個女人的眼神，她看上的男人，很可能就是男主角。

過了一會，我發現她和對面的帥哥眉來眼去，她還問我：「喂，那個男人長得帥嗎？」

他確實長得帥，女配角準備行動時，我率先跑出，和他搭訕。

我聽到女配角驚訝的叫聲，其他女人議論紛紛：「不是姐妹嗎？搶別人看中的男人？」

這不重要，遇上男主角後，女配角的任務已經完成，我不需要再和她做朋友。

我和那個帥哥聊了一會，他叫南宮景天，是一個銀行家，平時喜歡看書和彈豎琴，十分符合男主角的條件。

為了突顯我的與眾不同，我說：「這裡太吵了。」

南宮景天眼前一亮，問：「你想走嗎？」

我作出最優雅的姿態：「我想去一個『枯藤老樹昏鴉，小橋流水人家』的地方。」

「我帶你去。」

南宮景天帶我截了一架的士，說出一個地址。

我的心既興奮又期待，難道他要帶我去他的私人莊園？既有流水，又有老樹？

豈料下車的地方，是一條狹窄的小街，前面有一間賓館，叫「流水人家」。

我愣住了，南宮景天拉拉我的手，問：「你不喜歡我嗎？」

作為一個成年女性，我當然知道和男人去賓館，會發生什麼事。

但是，這麼多年來，愛情小說已經產生了變化，由「身心雙潔」變成愈發開放。不但有婚前性行為，甚至有男女主角第一次見面就上了床，先迷戀對方的肉體，再展開轟轟烈烈的愛情。

所以我一咬牙，跟著南宮景天走進去了。

「流水人家」沒有流水，只有髒兮兮的被褥，我就這樣獻出了我的初夜。

事後，我含情脈脈地看著南宮景天：「你知道我對你的心意嗎？」

南宮景天驚恐地說：「我真的不知道你是第一次。」

「傻瓜，我不是那種用身體留住男人的傻女人，我只希望你對我……」

我話未說完，南宮景天迅速拿出錢包，放下一張千元鈔票。

我難以置信地說：「你當我是什麼？」

南宮景天皺了皺眉，又放下一張鈔票。

我開始流淚，企圖用梨花帶雨的姿態，勾起南宮景天心中的愛意。

誰知他馬上說：「我只有兩千元，你不要耍花樣，賓館門口有閉路電視，你是自願、清醒地跟我進來的。」

然後，南宮景天穿上褲子，迅速地離開了。

我覺得莫名其妙，我甚至沒有他的電話號碼。

不過我明白，男女主角相戀前，總會有些誤會，一切都需要耐心守候。

所以我天天都去那間酒吧，等待南宮景天出現。

中途發生了很多事，例如女配角來奚落我，清潔工不小心把污水潑在我身上。

但我還未等到南宮景天，反而等來了我的男配角阿呆。

「我等了你這麼多年，連你的手也沒有牽過，你就和一個酒吧結識的男人，發生了一夜情？」阿呆凶狠地說：「罷了，我不要求你是處女，但你居然天天來這裡等他？」

我有把這件事告訴阿呆，但「聽女主角傾訴」不是男配角的責任嗎？

「賤人，你去死吧！」阿呆拿出一個瓶子，向我潑過來。

千鈞一髮間，有個男人抱著我，把我推開了，不是南宮景天，而是酒吧的清潔工。

我們在地上翻滾，我問：「為什麼要救我？」

「因為，你是我的女主角。」

我繼續問：「所以你用污水潑我，拖地時碰到我的小腿，都是故意的？」

「我希望你留意我。」

這種想法，和我如出一轍！

問題是，我之前沒有留意他，是因為他長得鬼斧神工地……醜，一點也不符合男主角的條件，但這種相遇卻很像愛情小說。

這件事令我糾結，之後阿呆因為淋潑水而被捕，我就閱讀更多的愛情小說，尋找答案。

終於，我找到一本愛情小說，是說男主角相貌極醜，女主角卻不嫌棄。

在他們結婚那天，男主角整容成功，變成一個大帥哥。

我明白了，我開始和清潔工阿俊談戀愛，他也很喜歡看愛情小說，我們可以滔滔不絕地討論情節。

但當我要求阿俊整容，他就說他沒有錢。

男主角怎可能沒有錢？何況阿俊用的都是名牌，但男主角可以扮成清潔工接近女主角，也會扮成窮人，試探女主角的真心。

所以我沒有追問，後來阿俊帶我見家長，他的家又小又窄，不過我相信是假的。

結婚時，阿俊訂了酒席，是一間廉價的中式酒樓。

我一直沉默，直到喜帖印好，將要派出時，我終於忍不住問：「我們真的在這間酒樓結婚嗎？派了喜帖，就很難更改了。」

「對啊，訂酒席時，你也沒有反對。」

男主角即使扮成窮小子，去試探女主角，也絕對不會弄一個寒酸的婚禮！

我倒抽一口涼氣：「你……真的沒有錢？你總會有積蓄吧？」

「我的薪金都用來買了名牌，男主角要打扮光鮮嘛。」

啊啊啊，男主角不但要打扮光鮮，還要一擲千金，富甲一方！

我本來打算和阿俊分手，但我發現自己懷孕了。

要知道，愛情小說的女主角不會墮胎，即使和孩子的生父分開，最後也很可能會復合。

我唯有依照原定計劃，和阿俊結婚。

寒酸的婚禮，一無是處的丈夫，令我開始困惑，到底我是女主角嗎？

直至我去照超聲波，發現我懷了一個女兒。

一切問題都得到解答，一個醜陋、無用、貧窮的父親，一個美麗、聰明、不幸的母親，分明是女主角的家庭背景！

原來我不是女主角，命中注定，我是女主角的母親。

我重新振作，決定好好教養我的女兒，令她成為最幸福的女主角。

不知道為什麼，女兒和我性格不合，也不聽我的教誨，整天黏著阿俊。

幸好，女兒長大後，不但事業有成，還嫁給了一個有錢的男主角。

後來女兒出了一本書，說是歌頌我的貢獻，不過書名有點長：《原來世上真的有一種女人，是你痛恨誰、想毀了誰的人生，就把她嫁給他吧！》

—完—

你到底愛不愛我

9

今天，我成功研發了一部神奇的機器，我把它命名為「愛不愛我」。

顧名思義，只要雙方一起握著手柄，就可以偵測到愛對方的程度，一百分為滿分。

公司馬上申請專利，經歷測試，然後推出市場。

這當然大受歡迎，女人每天都問「你愛不愛我」、「有多愛我」，現在事情就簡單多了，直接測試就行了。

政府也買入大批「愛不愛我」，為了杜絕假結婚，規定兩個人愛對方的程度，必須超過三十分才可以結婚。

作為研發這部機器的大功臣，我得到大筆花紅，打算和女友琳琳結婚。

訂好酒席後，我們去做婚前「愛不愛我」的檢查。

其實我一點也不擔心，我們又不是假結婚，戀愛五年，沒道理不過關吧。

豈料，我愛琳琳的程度是五十分，她對我只有三十三分。

我們過關了，職員給我們一張相愛證明書：「恭喜兩位，證實你們是相愛的，可以申請登記結婚。」

我覺得很難受，作為研發者，我最清楚這部機器的標準，三十分只是「順眼」、五十分算是「喜歡」、七十分叫「愛慕」、一百分才是「生死相許」。

我一直以為，我對琳琳有七十分，但這不是重點，重點是，她居然只是覺得我順眼。戀愛五年的未婚妻，覺得我順眼。

我狠狠地把證明書撕碎了：「對不起，我們不結婚了。」

琳琳神情慌張：「酒席都訂好了，你想反悔？」

我大喝道：「我不想反悔，但更不想和一個不愛我的女人結婚！」

回家的路上，我忍不住問：「你是不是愛上了另一個男人？」

琳琳答：「沒有，如果我愛上了別人，我為什麼要和你一起？」

我知道琳琳家境富裕，我又問：「你為什麼要嫁給我？抑或⋯⋯機器出錯了？」

這一刻，我無比希望是我的發明出了問題。

琳琳沉默了一會，才說：「我對你沒有那種心動的感覺，但我對其他人也沒有感覺。我到了這個年紀，是時候結婚了，我不想做高齡產婦⋯⋯」

我明白了，琳琳因為「是時候」所以結婚，重點是「時候」，而不是嫁給誰。嫁給我，或嫁給張先生、李先生、吳先生，只要能生孩子，所有人都沒有分別。

老實說，我很失望，我已經預視了我的下半生，就像婚姻論壇的抱怨帖子。

臨近三十歲結婚，過兩年生了個孩子，夫妻間不再有交流，同枱食飯，各自修行。

你覺得不滿，網民就說：「老婆要照顧孩子嘛，孩子長大就好了」，或是「孩子那麼小，你離婚的話就是不負責任！」

子女長大後，依然沒有交流，親戚會說：「退休後就有時間慢慢相處了。」

退休後，朝夕相對卻無言以對，全世界都說：「你的孩子都結婚了，難道你還要離婚嗎？忍一忍吧。」

忍著忍著，就死了。

琳琳雙眼通紅地看著我，我心軟了：「反正我們還未結婚，努力愛上對方吧，至少……你對我要有五十分。」

為了我們的未來，我們達成協議，要愛上對方。

我特地拿了一部「愛不愛我」，方便隨時測試。

愛情需要付出，我開始依照「港女語錄」，殷勤服侍琳琳，噓寒問暖，隨傳隨到，希望她愛上我。

豈料再一次測試時，她愛我的指數剩下三十一分，下跌了兩分。

琳琳尷尬地說：「你這樣做……我不太習慣。」

原來，她覺得我「煩」，你喜歡的人對你好，自然開心；如果你本來不太喜歡對方，他還不斷在你面前出現，只會令你愈來愈煩厭。

我還可以怎麼樣？我忍不住問：「你有沒有努力愛上我？」

琳琳答：「我每天拿著你的照片，說一百次『我很愛你』，自我催眠……」

這個方法明顯是不成功的。

這一刻我才發現，即使你知道對方愛不愛你，也沒有辦法令她愛上你，等於你知道銀行戶口沒有錢，又可以怎樣？

我和琳琳用盡辦法，都沒法提高相愛的分數，還令大家心力交瘁。

結果，我們約了我的父母，說要取消婚禮。

父親震驚地說：「因為琳琳不夠愛你，你們就不結婚了？」

我解釋：「我也不夠愛她。沒有愛情的婚姻，是不會長久的。」

母親翻了個白眼說：「你真傻。」

然後，父母充滿默契地拿起「愛不愛我」。

結果，母親對父親只有三十分，父親對母親更加只有二十五分。

母親還笑著說：「壞蛋，我以為你對我是零分，恨我入骨，沒想到有二十五分哩。」

我不明白，他們結婚數十年，都沒有什麼矛盾，為什麼相愛分卻那麼低？

因為四大長老不肯取消婚禮，我們只好一直拖延，婚禮就開始了。

穿婚紗的琳琳，真的很美，但我們真的會幸福嗎？

新郎新娘上台致辭時，琳琳拿著麥克風，沒有說「多謝父母」，而是說：「我想告訴大家，我不愛新郎。」

我愣住了，她打算臨陣退出？

琳琳繼續說：「有人說，結婚一定要相愛；有人說，一定要有信任、尊重、自由、同理心；又有人說，家人反對的婚姻不會幸福；甚至說，沒有子女的婚姻並不完整……但是，世上有多少對夫妻，擁有所有我們眼中的『婚姻必備元素』？」

賓客開始燥動，「結婚可以不相愛」這句話，實在驚世駭俗。

琳琳拍了拍手，幾個姐妹步出，每人都捧著一部「愛不愛我」。

琳琳笑著問：「今天有不少夫妻到場，不如我們用這部機器測試一下，相愛分少於五十分的，就馬上離婚，好嗎？」

姐妹們拿著機器，路過一桌又一桌，沒有一對夫妻願意當眾測試，也許是怕丟臉吧。

琳琳看向我，許下婚姻的誓言：「老公，我不愛你，但我相信我們好好合作，一生一世。」

那一刻，我真心欣賞她，這個清楚自己需要的女人。

豈料，婚禮後，「愛不愛我」開始滯銷，公司陷入低潮。

市民投訴，「愛不愛我」破壞傳統婚姻制度，政府也取消了用「愛不愛我」杜絕假結婚的政策。

不過，我和琳琳另外開了一間公司，合作愉快。

我們連婚姻也能經營，有什麼是不能合作嗎？

幸福一定要什麼？婚姻一定要什麼？

這個問題，只有自己才能回答。

—完—

巨龍娶了老婆後

10

我叫阿龍，我的父親叫阿龍，爺爺也叫阿龍。

我們祖祖輩輩，都是一條龍。

龍的作用是增強人的氣運，傳說，秦始皇偶爾得到一條龍，才得以一統六國，成就霸業。但上天是公平的，龍可以增強主人氣運的同時，也會吸收其他人的氣運，集所有人的氣運去成就一個人。

秦始皇擁有的是祖龍，能力強大，所以整個國家民不聊生，二世而亡。

劉邦建立漢朝後，發現了龍。

他希望大漢千秋萬載，自然不想利用龍增強氣運，重覆秦始皇的命運。

但龍的實力極度強橫，殺龍是不可能的任務。

於是，劉邦和祖龍立下約定，龍不再認任何人為主，不會刻意幫人增強氣運。

與此同時，人類必須供養龍，確保龍可以安穩生活和延續後代。

劉邦建立了「守龍村」，龍住在守龍村的龍洞，村民負責供養龍。

雖然龍沒有認任何人為主，但龍是氣運所在，所以守龍村一直風調雨順，村民安居樂業，所以二千年來，龍的供養都沒有出問題。

你肯定會問，人怎樣幫龍延續後代？

龍沒有雌性，每一代的龍都是雄性，龍成年後就可以化為人形，像正常男人般和女人交配，不過所生的孩子一定是龍。

所以，根據祖龍和劉邦的約定，守龍村每隔三十年，就會獻上村中最美的未婚女子。

我今年二十五歲，還是一個處男……處龍。

父親幾年前已經修練成超級泡泡龍，帶著母親飛升了，這幾年我很孤單。

幸好，今年，村民就會獻上我的妻子。

雖然我沒有談過戀愛，但村民很友善，除了生活用品外，有什麼娛樂物品都會送一份給我。

近來流行偶像劇，所以我看了好多偶像劇，我知道男人要遷就女人，哄女人，為女人不顧一切，才會得到一段甜蜜的愛情。

沒多久，村民就送上了小美，小美人如其名，長得很美，果然是全村最美的少女。

我對小美一見鍾情，捉著她的手：「從此你就是我的妻子，無論甘苦，無論貧富，無論病痛健康，我們彼此相愛珍惜，至死不渝。」

豈料小美用力甩開我的手，罵道：「有病，誰是你的妻子？」

我手足無措地說：「我們今晚結婚，你會成為我的妻子……」

按照慣例，守龍村把美女送到龍洞後，當晚就會舉行婚禮。

村長大喝道：「小美不得無禮，他是阿龍！是我們守龍村的守護神。」

「我知道他是龍，龍就可以逼我嫁給他？這和強姦有什麼分別？」小美反駁道。

村長對我說：「您放心，無論如何，今晚我們一定會壓著小美跟您拜堂。」

什麼？逼小美和我拜堂，與強姦有什麼分別？

看了這麼多偶像劇，我學懂尊重女性和保護心愛的人。

我幫小美說好話：「我和小美是第一次見面，要她馬上嫁給我，未免太為難她了。」

「守龍村祖祖輩輩的龍妻，都是這樣過來了。」村長答得理所當然。

小美哭得梨花帶雨，我的心很痛，就勸村長：「時代進步了，感情觀也要進步，不再是盲婚啞嫁。」

村長眉頭緊皺，但他們可以逼小美，卻沒法逼我，只要我站在小美那一邊，沒有人可以逼我和小美拜堂。

村長退讓了一步：「我不會逼你們拜堂，但我也不會讓小美回到守龍村，進了龍洞，就是龍妻。」

小美的父母也附和道：「做龍妻光宗耀祖，我們不會讓小美回家的。」

然後，所有村民都離開了，剩下小美和我四目交投。

小美「嘩」的一聲哭了出來：「因為你，我無家可歸。」

「這就是你的家，你就是女主人，我會聽你的話，你說什麼我都會答應你，我會愛你一生一世……」我千方百計地哄小美，好不容易令她停止哭泣。

小美半信半疑地問：「你會聽我的話？」

我點頭如搗蒜地說：「會，男人就是要疼愛妻子嘛。」

小美又問：「你不會逼我嫁給你？」

「不會，我期待兩心相許的愛情，權勢換來的愛情，有意義嗎？」我答得爽快。

小美沉默了一會，突然問：「你不覺得，人與龍很不平等嗎？」

「什麼？」我終於愕住了。

接著，我們展開了一場激烈的辯論。

小美問：「我是一個人權主義者，為什麼人要把美女送給龍作『龍妻』，不是把龍給人類作『人妻』？」

我馬上回答：「因為龍沒有雌性。」

小美又問：「為什麼不是龍去結識女生，自由戀愛，莫道你在選擇人，人亦能選擇你？」

我答：「因為龍不可以離開龍洞。」

小美問：「離開龍洞會發生什麼事？」

「龍始終是氣運所在，祖宗擔心，如果龍頻繁和外人交往，最終會被人利用。所以限制龍不能離開守龍村，甚至盡量不離開龍洞。」

我繼續解釋：「龍誕下後代，修練得道，才可以飛升成仙。總之人間的龍一定要留在守龍村，守龍村至少要有一條龍。」

小美再問：「你不會覺得悶嗎？」

我答：「所有龍都是這樣長大的，守龍村會送上食物、玩具，你來看看我的新遊戲機……」

小美打斷我的說話：「那就是垃圾。」

我完全不明白，她為什麼會得出這個結論。

小美高聲問道：「你享受著龍的身份，不用奮鬥，等待守龍村提供一切生活所需，甚至包括你的妻子，你不覺得羞恥嗎？」

「但我真的是龍，是人間唯一的龍，龍享受龍的身份，有什麼問題？」我完全不明白。

小美強調：「我不希望我的兒子，恃著龍的身份去享受生活，我希望他努力奮鬥。」

我愈發迷茫，問：「我要怎樣做？」

小美答：「你要離開守龍村，放下龍的身份，與其他人公平競爭，才是我心目中的強者！我才會嫁給你！」

我們龍族已經在守龍村住了二千多年，祖祖輩輩都沒沒有離開，我卻要打破傳統？

我沒有馬上答應，但小美常常說：「做龍妻不是一個童話故事，是悲慘地失去了自由和自我認同。」

「我從來都不知道什麼是龍，我雖然住在守龍村，卻從來沒有留意過龍的資訊。」

「龍妻的身份令我想自殺，我覺得很羞恥。」

我真的很愛小美，最終我下定決心，帶她離開守龍村。

我不知道自己要做什麼，不知道要去哪裡，總之我化為原形，揹住小美，飛向天際。

下一秒，守龍村化為灰燼。

我呆住了，小美也呆若木雞。

小美顫抖著問：「為什麼？」

「守龍村的存在，就是為了守龍。也許祖龍設下禁制，只要村中沒有龍，就……」我所說的只是猜測，二千年來，從來沒有龍貿然離開守龍村，我怎會知道守龍村毀滅的原因？

小美泣不成聲地說：「我的父母、我的朋友……」

可惜，我們已經回不去了。

很多人需要奮鬥，很多人透過奮鬥擁有更好的未來，但不代表每個人都適合奮鬥。

有些人的身份，注定他們不奮鬥比較好。

另外，千萬不要盲目聽從女人的建議！

—完—

11 祭神不要用處女

三更時份，萬籟俱寂，只餘下夜宿的寒鴉偶爾淒涼地叫一聲。一個女子躡手躡腳地從床榻爬下，赤足走向門扉。

忽爾，低沉的男聲在她耳際響起。「魚兒，妳想逃嗎？」趙魚美目一寒，掏出短刃，直指向自己的脖子，「放我走。」

男子一手奪過短刃，鮮血沿刀刃滑下。「魚兒，莫要舞刀弄槍，若弄傷自己，可怎麼辦？」只見他手上的傷口迅速癒合，地上的鮮血亦在瞬間蒸發。

一切，彷彿從來沒有發生過。

趙魚眸裡精光一閃，嫣然一笑道：「想試試你的法力，在岸上還餘下多少而已。」他挑了挑眉，也不點破她的謊言，只把她橫抱起，小心翼翼地放在床榻上，輕輕為她蓋上棉被。

只見他一襲白衣，襯托出他宛若觀音出世的清華，如泉水清透的男子，眼底的光芒卻熱切得像要把她焚成灰燼。他的身後卻是深夜無邊的黑暗，濃墨般的黑，像要把她柔軟的身軀全然吞噬。

他既是法力無邊的河伯，大概也是極喜歡她的，但她不想嫁給他，不想在陰冷潮濕的河裡，耗盡一生的青春。她的眼角緩緩垂落一滴淚，淚水源源不絕侵入髮鬢，更燃點了心底的愁意。

「魚兒，你小時候有沒有看過，祭河神的儀式？」趙魚微一點頭，河伯緩緩的笑起來。「那你有沒有聽說過，祭神，只可以用冰清玉潔的處子？」

趙魚怵然一驚，他終究是猜疑了！

河伯瞇著眼，露出幾分探究的神色。「你要我幫你，向楚國二公子殃報仇，報仇後就嫁予我，與我回到河裡。但我又想，我千辛萬苦的要娶你，若你不是處子，我堂堂河神，掌管天下河水，豈不是會被天下人恥笑？」

趙魚額上有涔涔的冷汗滑落，連忙分辯道：「你誤會了，我……」

「誤會？魚兒，你以為我看不出來嗎？本神沒有瞎了眼睛，你的五臟六腑，我一用神力，都看得清清楚楚。何況是你的貞潔？」

河伯冷笑一聲，一把捉住趙魚的手腕，趙魚用力一掙，正要撞到牆上，他連忙伸手一拉，堪堪止住了趙魚的去勢。

趙魚緊盯著河伯的手，忽然冷靜下來，迎著他咄咄逼人的目光，平靜以對：「你在吃醋。我是凡人，看不清你的五臟六腑，但我卻看出，你心裡是喜歡我的。我是殘花敗柳，早被那公子殃奪了貞操。你這掌管天下的神靈，娶了我，會被天下人恥笑。那麼，你還要不要我？」

河伯徐徐笑了，更靠近趙魚，她幾乎能感受到他溫熱的鼻息。「天下？我都忘了。我的好魚兒，我只記得，我要天下，只因天下有你。」

月光打在枝葉上，樹影映入室內，縱橫交錯，如多變而不可知的人生。

＊＊　＊＊　＊＊

胭脂樓內，臺上姫人輕擺腰肢，朱唇輕啟，唱著楚國似錦年華，大好前程。臺下雖站了一片公子哥兒，他們的目光卻全聚在閣樓的趙魚身上。

趙魚以輕紗覆面，僅露一點朱唇，豔若桃花的唇瓣豐澤腴美，半開半合地展露嬌媚，好比妖精下凡塵，令人生出無限暇想。

閣樓上掛著一幅巨布，布上書「第一名姬，尋覓有心郎」。臺下男子議論紛紛，卻無人能道出趙魚的來歷。

一個男子從人群步出，手中高舉銀票，冷笑道：「不過是個姫人，擺什麼架子？我出百兩白銀，買你一夜。」眾人倒吸一口涼氣，百兩白銀，可是足平常人家生活三四年的巨款。

趙魚輕輕一笑，嬌艷欲滴的紅唇輕啟，指著身旁的猥瑣小廝道：「奴家出千兩白銀，買公子跟這小廝一夜。」小廝咧嘴一笑，露出滿口黃牙，眼裡充滿愉悅。

那男子一窘，眾人哄笑。

趙魚的手在鼻子前揚了揚，便頭也不回地向廂房走去，只留下一陣香風。

「這人的銅臭味薰壞了我的新衣，奴家先換件衣衫，再回來拜會各位公子。」

＊＊　＊＊　＊＊

廂房內，河伯早已倚在床榻上等候趙魚。

「聽說公子殃最喜廝混青樓，若他被魚兒風姿吸引，定會獨自前來。耳廝鬢磨間，魚兒自可乘機報仇，報了仇，便乖乖當我的夫人。」

趙魚正欲點頭，一股熱氣鑽上喉頭，使她忽爾咳嗽起來，她蜷曲身子，嬌喘連連，整個人如篩糠似的顫抖，如秋風中一片被吹落的枯葉，呻吟中帶著難以抑制的痛苦。

河伯抬頭，目光落到她因缺氧而泛紅的臉頰，與微顫的紅唇上，竟看得失了神，本欲施救的手高舉於半空，漸漸縮了回來。

過了一會兒，趙魚好不容易恢復過來，解釋說，這是她從娘胎帶來的氣喘病。

河伯只凝神瞧著她，目光有一種淡淡的溫柔，如風箏的線，只牽在她潮紅的臉頰上。

「魚兒，你真美。別怕，你的氣喘病到了水中，便不會再發作。」

趙魚正欲追問，一陣急促的敲門聲打斷了他們。

「趙姑娘，公子們可都等著你呢！」

河伯一揮手，一陣如水波般的藍光閃過，趙魚的眸裡多了一分晶瑩。

「魚兒，你先出去。以你的聰明才智，相信可把那幫愚民玩弄在鼓掌之中，如果遇上你無法解決的事情，我自會出手。」

趙魚默然轉身，眸裡卻閃過一絲不易察覺的精光。

＊＊　　＊＊　　＊＊

趙魚對鴇母耳語幾句，鴇母點了點頭，高聲道：「趙姑娘想與諸位公子來一場比試，趙姑娘在紙上寫一個字，若誰猜中了趙姑娘的字，便是與誰有緣。名額只限十個。」

眾人鼓譟，世間文字何其多，即使七八十個人來猜，也不太可能猜中。

趙魚福了一福，嬌聲道：「不如改個玩法，各位公子來寫字，若我猜不中公子的字，即是看不透君心。算奴家輸了，任君處置，可好？」

眾人眼睛一亮，紛紛叫好，鴇母自是乘機收納銀錢。

鴇母把一疊宣紙和一枝削尖的木炭順序傳下，眾人急忙地寫下一個字，再把紙抽出，藏於懷中。

侍女把剩下的紙端到趙魚跟前，只見木炭在紙上已留下了淡淡的痕跡。

眾人一向用狼毫寫字，色欲薰心下，根本沒想過木炭在剩下的紙上會留下痕跡。

樓下的男子們一臉的躍躍欲試，只求僥倖得勝，能一親芳澤。

趙魚悄悄把剩下的宣紙看了一遍，漸漸揚起一抹笑意。

她心中暗想：「這次的男人，質素比以往高了。至少沒有自作聰明的傢伙，故意一字不寫。還以為這就能贏。」

她高聲讀出五個男子所寫的字，把他們的希望全然粉碎。

鴇母正打算選出第十個男子，一聲冷笑傳來：「雕蟲小技，也配稱名姬？」

只見一個黑衣男子站在人群中，把宣紙揚了揚。

「以木炭筆跡印透紙背，你這算盤可打得真響，未免把天下男兒看成獃子了吧？」

趙魚一瞥，那男子正是微服的二公子殃。

眾人自覺受騙，群情洶湧，竟欲湧向閣樓。

趙魚的心顫了顫，但想到廂房內的河伯，旋即回復鎮定。「奴家根本不知你說什麼，你是誹謗奴家，誹謗胭脂樓，還是誹謗了這裡的諸位貴客？」

公子殃也不辯駁，只抽出五張宣紙，交給餘下的五個挑戰者。

「哈哈，各位請把字寫在單獨的一張紙上，看看那『神乎其技』的名姬，還能不能展露『神技』。」

「那奴家就靜候公子佳音。」趙魚轉身步入廂房。

盤膝而坐的河伯睜開眼睛，眸裡有一絲贊許的神色，道：「那人就是公子殃？倒有些智慧，居然難倒了我的魚兒。可惜，再強的高手，也鬥不過真正的神技。」

河伯一揮手，一陣如水波般的藍光閃過，趙魚的眸裡多了一分晶瑩。

「魚兒，去吧，別怕。除了得天子庇佑的諸侯家族外，凡人皆受我的神術影響。」

趙魚經河伯法術加持，玉指輕點，轉眼間已指出四個男子所寫的字。

趙魚正鬆一口氣，一把冷冷的聲音再次響起：「姑娘倒有幾分本領，且與我賭上一局，看姑娘是否真有如此神技。」

趙魚嬌笑道：「公子可要寫那第十一個字？」

公子殃一揮手，侍從端來七杯酒。

「我與姑娘初識，自當敬姑娘一杯酒。這七杯酒，有一杯是醇酒佳釀，其餘六杯，皆為毒酒。姑娘既能看透人心，自然不會拒絕我這杯酒吧？」

趙魚盯著七隻一模一樣的酒杯，心下一慌，河伯施加在她眼中的法術，只能看到文字，並不能看透酒裡的毒素。

眾人見有熱鬧可瞧，自是高聲讚好。

趙魚逼於無奈，玉手在七隻酒杯上繞了幾圈，落在中間的酒杯上。面紗雖能遮掩她漱漱而下的冷汗，卻掩不住她輕顫的指頭，酒也隨著她手指的顫抖，泛起微微的漩渦。

公子殃環起雙手，嘴角微微揚起。

「小姐可看清這杯酒無毒了？既然如此，小姐無須自降身份，與這種以小人之心懷疑小姐的人敬酒。這杯酒，讓鄙人代小姐喝，可好？」河伯的聲音徐徐響起，趙魚一怔，河伯已接過酒杯，一口喝盡。

河伯一反手，向眾人展視空盪盪的酒杯。

公子殃瞇了瞇眼，率先鼓掌，大讚道：「姑娘好本領，先生好膽色，在下甘拜下風！」

自此，有人說，她是妖精轉生，能看穿人心。只是，從來沒有人看過她的真容，那一抹薄紗，不知惹來了多少浮想翩翩。人便是這樣，得不到的，雖未知優劣，卻偏想得到。這令趙魚艷名更盛，坐實了第一名姬的名堂。

趙魚極喜歡這樣的日子，與陰暗無人的河裡相比，人間，連空氣也是甜的，這才是她的家鄉，更有她渴望的一切繁華。

河伯亦不急不躁，彷彿真的可以等她報了仇，再返回河裡。

趙魚的美夢，在公子殃再次出現的一刻，戛然而止。費盡心思的佈局，終於使他上釣了，願者上釣。

只是，這一局，到底誰才是魚？

＊＊　　＊＊　　＊＊

那一晚，公子殃再度微服而來，趙魚頓時慌了神，若依自己「報仇」之言，豈不是要勾引此子，殺了他後，自己就要隨河伯回到河裡，從此不見天日？

「趙姑娘可還記得殃？」公子殃伸出摺扇，輕佻地托了托趙魚的下巴。趙魚嬌軀一顫，腦海裡浮現起曾受的屈辱。

公子殃展顏笑道：「姑娘莫慌，殃此來，是與姑娘談一宗交易。」他輕搖摺扇，扇上墨跡淋漓，畫了氣勢滂薄的河流，與千丈高山。

「周天子得和氏璧，把玉璧輪流傳往各國展示，傳至我國，正是殃的兄長負責護送。得知姑娘通曉偷心秘術，手下又有敢以性命作賭注的能人異士，願託姑娘打聽玉璧行蹤，偷得玉璧交予殃，讓殃立一個大功，事成後必有重謝。」

趙魚一詫，轉眼間已明其意，嬌笑道：「聞說國君有兩子，世子之位尚未定。公子要的，莫非是那萬里河山？」

公子殃微笑不語，掏出一疊銀票，目光深邃如寒潭，幽冷難測。

趙魚伸手一擋，輕搖臻首，故意嘆道：「這可是掉腦袋的，奴家可不敢為身外物冒天下之大不諱。」

「姑娘要什麼？只要歿能力所及，定為姑娘辦妥。」

趙魚微一沉吟，忽想起河伯的告誡，他的神力，對諸侯家族是無效的。若自己嫁予楚國二公子，豈不是能乘機殺掉河伯，逃離他的魔爪，留在人間？「奴家不才，事成後，奢望能嫁予公子為妻，與公子，或者說，與世子共享這萬里河山。」

公子歿一敲摺扇，笑容間自有一股傲氣。「歿既奪姑娘清白，事成後自然應娶姑娘為妻。那就此約定，姑娘可莫要讓歿失望。」

公子歿離開後，河伯從屏風後悠然步出。

趙魚連忙解釋：「嫁給他，讓他被自己的妻子所害，才是最有效的報仇。事成之後，我自會與君回到河中，共結鴦盟。」

河伯恍若未聞，緩緩伸出手，手指輕柔地劃過她的臉龐，唇齒間輕吐的音節有著深刻纏綿與眷戀：「魚兒，你喜歡就成了。我等你。你要和氏璧嗎？我這就去拿來給你。」

河伯輕輕把門推開，臨行前，他忽然回首，盯著趙魚，像要把她的臉嵌進自己的雙眼般。

「魚兒，第一眼見你，我就知道，你是我的孽。從此，我不會再娶其他女子。」他的目光堅定而溫暖，帶著幸福與希望的光芒。

陽光透過窗隙落下來，仿佛在她和他之間設下了一道無法攀越的高牆。

如果，他不是河伯，只是一介凡夫俗子，他們也許會是一對佳偶吧？現在，她卻要為自己的自由，密謀殺了他。

可惜，世事從來沒有如果。

＊＊　＊＊　＊＊

河伯探知和氏璧所在，連夜到驛站盜璧。他的身影閃了幾下，已掠過層層守衛，到了內室。內室一片黑暗，死寂得可怕，只餘下圓孔的玉璧閃爍著微弱的綠光。

河伯的嘴角揚起一絲不屑的笑意，伸手拿起玉璧。豈料玉璧嗚聲大作，瞬間劃破了驛站的寂靜。

數十衛士從外衝進，紛紛把長槍往河伯身上招呼。

河伯悠悠一笑，不置可否，三把長槍破空而至，竟同時一頓，無法劃破他的白衣。河伯把左手負在身後，右手以兩指夾著和氏璧，迎向長槍。衛士投鼠忌器，連忙止住武器去勢。

河伯紋風不動，倒像在逗弄衛士們似的。

「別顧忌和氏璧了！玉璧被盜，也是死路一條！」一個紫袍披髮男子提弓而進，話音未落，已提箭上弓。

河伯恍若未聞，轉身背向男子，「我走了。」

紫袍男子一箭射往河伯，正中胸膛。河伯吃痛，身形一頓，轉身死死盯著紫袍男子，問道：「你是公子殤？」

公子殤傲然一笑，揚手道：「上！」箭枝穿過河伯的胸膛，從背心而出，揚起點點鮮血。

河伯眉頭一皺，似有顧忌，雙手環成圓弧，揚出霏白的迷霧，遮擋眾人視線。

轉眼間，河伯與玉璧已失去蹤影。

＊＊　＊＊　＊＊

河伯回來時，衣袂染血，臉色略為蒼白。趙魚一驚，雙手緊捉著河伯的手。

「那些凡人，傷不了我的。只不過是奪和氏璧時，被公子殤射了我一箭。」他依舊是一襲白衣，清淡如月光，溫潤中多了幾分蕭索：「魚兒，你畢竟是擔心我的。」

趙魚下意識地退了一步，吶吶的說不出話來，心中如重重的受了一擊，像冰封的湖面裂開無數細碎的冰紋。

公子殤能射傷河伯，證明神力的確對諸侯家族無效。若自己能嫁予公子殃，便有機會殺掉河伯，留在人間。可是，心，怎麼卻空落落的難受？

窗扉半合，略見窗外清澈如水的月光，十九的月夜，圓月也漸漸殘缺，無可轉圜。

河伯掏出和氏璧，璧玉晶瑩剔透，卻算不上迷人。

趙魚撇了撇嘴，略有失望之色，河伯便說：「所謂價值連城，只是被廉頗的宣傳抬高了身價。魚兒，若你喜歡玉，他日我便為你打造一塊巨玉，可好？」

趙魚默然不語，扭過頭來，彷彿不能承受這樣充滿希冀的目光，心口怦怦的跳，一突一突的，只覺喉頭又酸又澀。

**　　**　　**

公子殃聞說趙魚得手，興沖沖的找上趙魚，一開口便索要和氏璧。趙魚掏出一個緋紅錦盒，在公子殃眼前揚了揚，公子殃伸手欲接，趙魚卻一下子縮回了手，「咯咯」嬌笑。

趙魚慢條絲理地倒了兩杯酒，試探道：「公子打算何時娶奴家？」

「趙姑娘天賦異稟，殃只怕配不上姑娘。不若由殃作主，滿朝文武中，任姑娘選一位作為佳婿？」公子殃心中暗忖，趙魚出身青樓，若娶趙魚，難免招人話柄，影響自己將到手的世子之位。

「公子要反悔嗎？」趙魚柳眉一豎，寒聲道。

公子殃瞥了瞥錦盒，輕輕捉著趙魚的小手：「姑娘……娘子多慮了，若蒙娘子不棄，為夫自當守約。」

趙魚嫣然一笑，遞過錦盒。公子殃打開錦盒，瞧了一眼，雙目爍然一睜，眸底有一抹不易察覺的得意之色。

他端起酒杯，暢快地笑道：「來！為夫敬未來的世子夫人一杯！」

趙魚端起酒杯，美目一寒，竟一手倒翻了酒，地上頓時冒出縷縷青煙。「公子想違約，殺人滅口？」

公子殃的計謀被拆穿，瞇眼盯著趙魚，手已搭在劍柄上，緩緩把劍拔出。

趙魚毫不慌張，端坐椅上，問：「公子可知你手上的玉璧，孰真孰假？」

公子殃掏出玉璧，仔細端詳，眉頭愈皺愈深。

「和氏璧價值連城，奴家可不敢隨身攜帶，便交給朋友保管了。奴家自是造塊假璧交給公子過目，證明奴家已得玉璧。洞房花燭後，公告天下之日，奴家自當完璧歸君。這些日子，若奴家有何不測，自有人把璧玉交予國君，上告公子與奴家的故事。」

公子殃一拍桌子，不怒反笑：「好聰慧的女子。姑娘且靜候佳音，殃別無他法，自當盡早迎娶姑娘。」

趙魚看著公子殃離開的背影，長長地呼了一口氣。她預先把和氏璧交予河伯，便是防止公子殃殺人滅口。過些日子，她嫁給公子殃後，便能手刃河伯，重獲自由。

她的眼中漾起一抹晶瑩，那晶瑩裡有河伯的身影。清風拂過，輕擺的枝葉搖得地上月影破碎，彷佛誰的心也一起碎了。

一雙溫暖的手搭上她的肩膀，「魚兒，怎麼了？別哭，哭腫了眼睛可不漂亮。是誰欺負你了？告訴我。」

趙魚抬起頭，正對上河伯暖若春風的眼眸，她顫抖著捉緊他的手，心裡暗下決心，嫁予公子殃後，只逼他回到河裡。她，不想殺他。

＊＊　＊＊　＊＊

以風流聞名的楚國二公子殃，欲娶煙花女子為妻，國君震怒，公子殃一意孤行。

才智絕倫，身份貴重的公子殃竟為一女子，不惜激怒國君。一時之間，坊間議論紛紛，男子皆說，公子殃不愛江山愛美人。女子則多羨慕那神秘女子的福氣，能得公子殃青睞，從此飛上枝頭。

「奴家聽了坊間傳言，謝公子隆寵。洞房花燭後，奴家定把和氏璧交還公子。」

公子殃端起酒杯向趙魚敬酒，眼裡隱隱透出一縷冷硬銳利的劍光。趙魚呷了一口酒，媚態橫生地瞧著公子殃：「該公子喝了。」

公子殃一反手，把酒灑到地上，正是祭祀的姿態。

趙魚一怔，身子劇烈地抖了起來，她痛苦得蜷成一團，臉色蒼白如靈堂的雪白帷幔，沒有一絲血色。她嬌呼一聲，詰問道：「你不怕我的朋友把和氏璧……」

公子殃展顏一笑，掏出真正的玉璧，在趙魚眼前揚了揚。趙魚的瞳孔驀地放大，她整個人篩糠似的顫抖起來，全身的骨骼瞬間被生生剝離皮肉，身子如軟泥般攤在地上。

「河伯……？河伯！」她的聲音聽起來尖銳而淒厲，一聲又一聲，宛如一塊上好的綢緞被人狠狠撕裂的聲音。

公子殃輕搖摺扇，喃喃道：「若你不是非要嫁給我，我也不會殺你。本來我公告天下要娶你，便是認命了。都怪你那不可靠的朋友，竟在婚期前，把真玉璧交給我。他還把毒藥交給我，這藥名倒有趣，叫『骨肉分離』。我把什麼都告訴你了，九泉之下，你要怨便怨他，別來尋我晦氣。」

趙魚不由自主地張開口，口裡竟吐出森森白骨，頭骨、頸骨……一寸寸的骨骼刺穿口腔，破體而出。她的皮肉失去了骨骼的支撐，如軟泥般從骨骼上流瀉而下。

她漸漸停止了呼吸，屍首上閃過一絲藍光，全身的皮肉突然詭異地消失，只餘下一副縮小的骨架，如侏儒的骨骼，頭骨上空洞的眼睛，正對著公子殃，宛如一尾被吃得乾乾淨淨的魚。

公子殃疾退，額上冷汗滾滾而下，他的眼神像受了傷的獸，恐懼而絕望，口中模糊不清地喊道：「魚！怎麼會是魚！別怪我！不是我……」

坊間傳言，公子殃未婚妻趙魚遭奇毒所殺，公子殃大受打擊，從此便成痴呆，終日念念有詞，只重覆未婚妻的名字，「魚！魚……」

人皆道公子殃痴心一片，情動天下，無不為他惋惜。

價值連城的和氏璧，亦告失蹤，楚君怒斥公子殤，護送不力。奈何二公子殃已成痴呆，楚君無奈，終立大公子殤為世子。

** ** **

河裡有一個晶瑩剔透的玉棺，棺旁雪白靈幡紛飛飄舞，像一首唱不完的哀歌。

趙魚靜卧棺內，一身大紅嫁衣，屍身絲毫沒有瘸壞的痕跡，栩栩如生。她杏眼圓睜，眼裡寫滿困惑與不甘，神色如凋零的一瓣桃花，被河水沖刷得黯黃而破碎。

音訊杳然的和氏璧，赫然擱在趙魚頭下作枕。

河伯倚在玉棺旁，手指劃過趙魚的脖子，目光有無限癡惘，移不開半分。

「魚兒，從第一眼看見你，我已立誓非你不娶。你如此絕色，可惜你會動，會說話，那時我就想，你的屍體該多麼完美。我多想親手殺了你，把你變成世上最完美的女子，但我作為神靈，不能殺人，只好把和氏璧交給公子殃，讓他代勞。魚兒，這麼重要的事，我卻假手於人，你會怪我嗎？」

河伯伸手抱起趙魚的腰肢，她的身子軟綿綿的，沒有了骨骼，如被折了翅膀的鳥，輕飄飄的，早已失去所有生氣與自由，只餘下唇邊一抹淒然的笑意。

「魚兒，我說過要打造一塊巨玉給你，我可廢了好大功夫，才造了這玉棺。我也把和氏璧拿回來了，只要你留在我身邊，我什麼都可以給你。從此，我們一生一世一雙人，我不會再娶他人。我的天下，只有你。」

＊＊　＊＊　＊＊

公子歿死後，他生前的風流韻事傳遍人間。

人們赫然發現，去年祭祀河伯之女，竟非冰清玉潔的處子。這豈不是欺瞞神靈？人們連忙強徵了數十個黃花閨女，把她們綁起，一起拋進河中，希望能得河伯原諒。

此時，河水忽然泛起巨大的漩渦，把那數十個處子沖回岸上。

人皆道，河伯震怒！

人人自危下，楚國國君為保社稷，忍痛捐出愛女，以內涵聞名全國的處子—懷淑公主。

懷淑公主順利被投入河中，人們皆鬆一口氣，皆道河伯「重質不重量」，已原諒楚國。

豈料，數天之後，懷淑公主的屍身被沖回岸上，屍身軟如錦緞，彷彿沒有骨骼。人們無計可施，河伯娶妻的習俗，就此廢除。

＊＊　＊＊　＊＊

河伯抱著一副白森森的骷髏，興奮地衝向趙魚的棺木，像一個獻寶的小孩。

「魚兒，你的骨骼丟在人間了，你躺在玉棺裡，沒有骨骼，會痛嗎？你看！我為你取來了這副骨骼。聽說楚國公主首重內涵，我猜她的骨骼，應是很舒適的。你喜歡嗎？來，我給你裝上！」

—完—

作　　者：陳美濤
封面攝影：Kenneth Luk
封面設計：黃獎
内文設計：Fai

出版：悅文堂
地址：香港柴灣康民街 2 號康民工業中心 1408 室
電話：(852) 3105-0332
電郵：joyfulwordspub@gmail.com

發行：香港聯合書刊物流有限公司
地址：香港新界大埔汀麗路 36 號中華商務印刷大廈 3 字樓
電話：(852) 2150-2100
電郵：http://www.suplogistics.com.hk

印刷：培基印刷鐳射分色公司
地址：香港柴灣安業街 3 號新藝工業大廈 8 樓 D 座
電話：(852) 2562-6287
傳真：(852) 2565-9632

圖書分類：流行讀物 / 散文愛情
初版日期：2022 年 7 月

ISBN：978-988-75866-7-8
定價：港幣 78 元 / 新台幣 350 元